KB014150

합정과 망원 사이

일러두기

1. 책, 전집, 단행본은 《 》으로, 잡지, 단편, 영화 및 TV 프로그램은 〈 〉로 표기했다.
2. 이 책에 사용된 사진들은 저자가 촬영한 것이다.

합정과 망원 사이

유이영 에세이

1인 생활자의 기쁨과 잡음

은행나무

차례

3장 동네 산책자

4장 떠나보내는 것들

프롤로그

사는 곳이 당신을 말한다

생활감이 묻은 자리에 설레는 맘을 갖기란 얼마나 어려운가. 다들 쉬기 위해 떠나곤 한다. 비행기 타고 낯선 도시에 뚝 떨어져 새하얀 호텔 침구에 얼굴을 파묻는다. 하지만 그러지 못하는 시기를 2년째 지나고 있다. 많은 이들이 자신이 사는 곳 주변에 발이 묶였다.

동네에서 일하고 쉬고 생활하며 달리 보이는 풍경들에 대해 썼다. 언젠가 스쳤을지 모르는 이웃들과 연결되면서 하나씩 깨친 동네살이의 기쁨을 글로 써 나누고자 했다. 집필 중 맞은 팬데믹 시국은 동네에 숨어 있는 더 많은 얘깃거리를 찾아내 담을 기회를 줬다. 공교롭게도 합정과 망원 사이에 있는 출판사와 책을 내기로 했다. 역시 합정과 망원 사이에 사는 편집자와 동네 서사를 엮어가는 작업은 여러 순간 즐거웠다.

동네를 걷다 우연히 마주쳐 손 흔드는 이가 생기면서 도시가 전보다 훨씬 안전하게 느껴졌다. 생활의 필요, 그날의 구미, 가벼운 기분 전환을 위해 들르는 곳들이 쌓이면서 추억 묻은 공간이 많아졌다. '당신이 사는 곳이 당신을 말한다'고들 한다. 다른 의미에서 동의한다. 나를 둘러싼 장소와 사람들에 관심 갖게 되면서 나답다는 범주에 내가 사는 곳이 들어가기 시작했다. 사는 곳이 한 사람의 어떤 시절을 만들어가는 과정을, 잡음까지 가감 없이 담고자 했다.

이 책의 구상부터 탈고까지 딱 2년이 걸렸다. 전월세 만료 기간에 맞춘 셈이 되었는데 그사이 어떤 이웃은 떠나고 어떤 가게는 사라졌다. 상호는 웬만하면 밝혀 적었다. 이 책이 어떤 독자에겐 핫 플레이스 관광 안내서로 읽힐 수 있고, 도시의 1인 가구로서 공감하며 낄낄거리는 조각 글이 될 수도 있다. 책을 덮고 집 밖으로 나갔을 때 동네가 조금 새로워 보인다면 저자로서는 더할 나위 없이 기쁘겠다. 그저 산책하는 기분으로 읽어주셨으면 한다.

1장

안녕, 이웃?

자가(自家)가 아니어도 괜찮아

고등학교를 졸업할 때까지 지역 중소 도시에서 자랐다. 공간에 관해서 어린 시절 가장 풀리지 않는 궁금증은 '과연 여의도는 얼마나 큰가' 하는 것이었다. 장소를 나타내는 거의 모든 비유에는 '여의도의 몇 배' 따위의 수식이 붙었는데, 초등생이던 나는 대체 이 여의도란 곳이 얼마나 거대한 곳인지—주로 '여의도의 몇 배나 된다'는 식으로 쓰였으므로 무지하게 크다고 생각할 수밖에 없었다—짐작조차 하지 못했다. 교과서나 뉴스에 그러한 표현이 나올 때마다 묘한 소외감이 들었다.

서울이 아닌 지역에서 자란 이들은 공감할 것이다. TV에 내가 아는 장소가 나오면 얼마나 신기하고 반가운지! 서울에 산 지 10년이 넘어가는 지금은 서울 중심적 사고에 완전히 물

들어버린 나를 볼 때마다 올챙이 적 생각을 하며 흠칫 놀라곤 한다.

정작 서울 시민이 된 지금도 나는 그놈의 여의도가 대체 얼마만 한 것인지 알 수가 없다. 여의도동이라는 행정구역을 일컫는 것인지, 여의도 공원 일대를 뜻하는 것인지, 국회나 증권가 직장인들이 밥 먹으러 돌아다니는 반경까지를 아우르는 것인지 말이다. 그나마 요즘은 여의도로 출근하는 때가 잦아 그 공간감을 어렴풋이 익혀가고 있다.

서울 중에서도 가장 트렌디한 홍대 일대에 8년째 살면서 이제 더 이상 '여의도의 몇 배' 따위의 말로 소외감을 느끼진 않는다. 마치 한이라도 풀듯 뉴스에, 잡지에, 관광 책자에 허구한 날 나오는 동네에 살고 있다. 2년간 홍대 한복판에 살 때는 금요일 밤이 되면 집 옆에 들어선 클럽에서 바닥에 레드카펫을 깔았다. 야근 후 백팩을 메고 레드 카펫을 터벅터벅 밟으며 클럽 앞 호객 행위를 물리치고 집에 들어가곤 했다. 그 후 연남동에 2년을 살다가 젠트리피케이션에 밀려 합정동으로 온 지 4년째이다. 한창 연트럴파크(연남동+센트럴파크)니 뭐니 하며 연남동이 뜨던 시기였다. 내가 살던 집은 지금 게스트 하우스로 바뀌었다. 전에 살던 동네에서의 생활 반경을 조금 걸치고 있는 지금 이 동네에 자리 잡기로 했다. 공교롭게도 홍대 문화가 확장되는 흐름에 맞춰 살 집을 옮겨왔다.

어렸을 적 풀리지 않던 궁금증,
대체 여의도는 얼마나 클까.
여의도로 출근하는 지금도 잘 모르겠다.

행정구역상 나는 합정동 주민이다. 합정살이를 시작한 지 2년이 다 돼서야 망원동에 가봤다. 집에서 걸어서 5분도 안 걸리지만 그 전까진 그저 카페와 음식점이 즐비한 동네로만 알아서 딱히 가볼 생각을 안 했다. 한동안 망원동에 뻔질나게 다니다가 그냥 스스로 망원동 주민이라고 하는 것도 나쁘지 않겠다는 생각이 들었다. 망원동은—우리나라에서 강남의 위상이 그러하듯이—어떤 물리적 경계가 있는 공간이라기보다는 지리적 심상에 가깝다. 대략 그 언저리에 살더라도 "망원동 살아요"라고 말해도 된단 소리다.

망원은 합정에 비해 더 생활인들의 공간답다. 합정 먹자골목은 회식하는 직장인들로 평일 저녁에 붐빈다. 반면 망원시장은 인스타그램에 올릴 사진 찍으러 온 20대들부터 슬리퍼 끌고 나온 1인 가구들, 이곳에 십수 년째 살고 있는 터줏대감 주민들이 섞여 있다. 정장 입은 채 품에는 세제 사 들고 퇴근하는 또래 주민을 볼 때마다 나는 짙은 생활의 냄새를 느낀다. 오래 동네에 살아온 사람들의 이야기에, 2년짜리 방에 사는 혼자 생활자들의 일상이 겹치는 망원동에 애정이 깊다. 위압적으로 솟은 주상 복합 건물이 합정의 랜드마크라면, 나에게 있어 망원의 랜드마크는 '금강산 보석 대중사우나'이다. 한때 서울의 힙한 장소로 망원동이 뜨면서 '망리단길'이라는 별칭으로 불리기도 했다. 역시 뜨는 동네인 경리단길에, 망원동을 합성한 말인데 오래 개성 있는 공간성을 품어온 망원동 입장에선 멸칭에 가깝다. 망원동에 발붙이고 이야기를 만들어가는 사람들 덕에 망원동은 고유의 이름을 되찾았다.

온라인 플랫폼 '브런치'에 동네 이야기를 쓰기 시작했다. 제목은 '합정과 망원 사이'로 붙였다. 그렇게 이름 붙이고 나서 보니 물리적으로도 타당하다. 합정역 사거리를 기준으로 합정동은 크게 서합정과 동합정으로 나뉜다. 동네는 동합정-서합정-망원으로 이어지는데, 나는 서합정에 살고 있다. 말 그대로 합정과 망원 사이에 어정쩡하게 생활을 걸치고 있으니 둘 다 우리 동네 범주에 든다.

동네의 서사가 쌓일수록 나는 동네 곳곳에서 사랑스러움을 발견한다. 2년짜리 터전을 떠도는 세입자로서, 자가가 아니더라도 정서적으로 이 동네에 뿌리내릴 수 있는 방법을 터득하게 됐달까. 내가 동네 이야기를 기록해야겠다고 생각한 이유다.

나의 동네 친구 만들기

주말을 마무리하는 밤에는 한강에 나가 양화대교에서 성산 쪽으로 달린다. 원래는 반대 방향인 마포대교 방면으로 다녔었는데, 이렇게 달리면 오는 길에 망원시장에 들를 수 있단 걸 알고 난 후론 코스에 가끔 변화를 준다.

그날도 망원시장을 가로질러 들어오던 길이었다. 문득 생각했다. 누군가 같이 뛰었으면 좋겠다! 만약 같이 뛰는 누군가가 나와 비슷한 성향의 사람이라면 굳이 사람들과 함께 뛰려고 멀리까지 오진 않을 것이다. 서너 명 정도 모여서 동네에서 출발해 뛰는 모임을 상상했다. 한바탕 뛰고 나면 잡생각이 정리됨과 동시에 엉뚱한 일을 벌이고 싶어진다. 그리하여 나의 동네 친구 만들기 프로젝트가 시작됐다.

그날 밤 당장 페이스북 그룹 '망원동 좋아요'에 들어갔다. 소소한 동네 얘기나 가게 홍보가 올라오는 페이지인데 망원에 살기 훨씬 전부터 팔로잉을 하며 담벼락을 엿봤었다. 마침 동네 모임의 신입 회원을 모집한다는 글이 올라왔다. 타고 들어오라는 링크를 누르자 카카오톡 채팅방에 초대됐다. 이 동네에서 꽤 역사가 있는 모임 같았다.

결론부터 말하자면 반나절 만에 "죄송하지만 모임이 저랑은 맞지 않아 함께할 수 없을 것 같다"며 도망치듯 채팅방을 나왔다. 그 그룹은 자기소개를 3일 이내에 올려야 강퇴당하지 않는데, 거기엔 일정한 양식이 있었다. 나이와 직장, 성별을 밝히고 한 달에 최소 두 번은 참석해야 정회원이 될 수 있었다. 그 커뮤니티를 오랫동안 가꿔온 이들 입장에선 당연한 조건이었을 테지만 나는 좀 부담스러웠다. 소개 글과 더불어 사진도 올려야 했는데 다른 신입 회원이 올린 셀카 사진에 "오, 예쁘세요!" 따위의 메시지가 줄줄이 붙는 그 방을 반나절일지언정 견디기가 힘들었다. 난 자유롭고 느슨한 모임이 필요했다.

인터넷에서 만난 사람들과 술 먹고 밥 먹고 '친목 도모'만 하는 것도 왠지 무섭고 무의미하게 느껴졌다. 나는 취향의 공동체가 필요하다고! 그건 '자만추(자연스러운 만남 추구)'가 아니야! 그럼 내가 한번 만들어보지 뭐. 그래서 용기 내어 글을 올렸다.

"달리기의 치유 효과를 믿는 사람들이 모여 함께 달립니다. 러닝 전이나 후에 이야기 나누는 시간 있어요. 망원과 합정 기반으로 활동합니다. 금 or 토 or 일 저녁 양화대교 인근서 만나요. 그 주 장소와 시간은 목요일 오후에 공지합니다. 자유롭고 느슨한 모임이지만 혐오 발언, 차별적 언행에는 무관용 원칙을 적용합니다."

이제 기다리기만 하면 내가 원하는 조건대로 모임을 꾸릴 수 있을 줄 알았다. 하지만 하루가 지나고 이틀이 지나고 사흘이 되도록(!) 아무도 가입 버튼을 누르지 않았다. 나는 이내 깨달았다. 사람들은 주제가 있는 모임, 제약이 많은 모임을 부담스러워한다. 정작 내가 그 규약이 싫어서 빠져나왔으면서 너무 조건들을 많이 걸었다. 애초에 모임을 연다고 해서 내 구미에 맞는 사람들만 모이는 게 아닌데, 어떤 새로운 만남이든 불편함을 감수해야 하는 것인데 그걸 간과했다.

두 번의 실패 후 한동안 곁에 있는 친구에게나 잘하자고 생각했다. 그러던 중 우연히 한 플랫폼을 알게 됐다. 관심사를 기반으로 이웃끼리 이어주는 서비스인데 가입하려면 집 주소가 나온 택배 송장을 사진으로 찍어 보내야 한다. 하루의 승인 기간을 거쳐 가입이 됐다. 초면에 나이가 많다고 반말하거나 꼬치꼬치 신상을 캐묻거나 만나기 전 채팅방에서 연락처, 사진 등을 요구하면 운영자로부터 제재받는 점이 마음에 들었다. 사람 사이의 관계가 '제재'가 되겠느냐마는 대체로 이용자들도 건전해 보였다. 취미 활동 위주의 모임들이 일회적으로 열리곤 했다. 무엇보다 그놈의(!) 셀카 사진을 올리지 않아도 되었다. 각자 자기가 좋아하는 음료를 고르면 그 그림이 프로필 사진이 된다. 나는 김이 나는 히비스커스 티를 골랐다.

여전히 인터넷에서 만난 사람과는 친구가 되면 안 된다는 걸 금과옥조로 여기던 나였다. 때마침 읽었던 《여자 둘이 살고 있습니다(김하나·황선우, 위즈덤하우스, 2019)》—지금은 동거인이 된 저자 둘은 처음에 트위터 친구였다!—가 아니었다면 끝내 심리적 거부감을 못 버렸을 것이다.

가입을 하고도 한참을 망설이다 '편맥(편의점 맥주) 마시기' 모임에 나가봤다. 늦은 밤 동네 편의점서 말 그대로 맥주 한잔 같이하고 깔끔하게 해산하는 모임이었다. 아이디어가 재밌었다. 어쩌면 내가 간절하게 찾았던 동네 친구 모습이 이런 것이었을지도 모르겠단 생각이 들었다. 퇴근 후 집에 들어가다가 맥주 한잔은 걸치고 싶고 하지만 혼자 먹긴 싫고 그렇다고 멀리 가긴 싫고. 이럴 때 "잠깐 나와" 하고 불러낼 친구라니. 그렇게 만난 이용자 중에 실제로 옆집에 살고 있단 사실을 서로 뒤늦게 알게 됐다는 얘기는 벌써 이 동네 핫한 전설이 됐다.

그 모임 이후 나는 받아들이기로 했다. 기술이 사람을 엮는다는 말을. 실제로 얼굴 본 사람들하고만 페이스북 친구를 맺을 만큼 나는 폐쇄적이고, 관계의 실재성을 맹신하는 사람이었다. 생각해보면 이미 우리가 다들 인터넷으로 촘촘히 엮여 있는데 이를 배제한 관계야말로 상상에만 존재하는 게 아닐까? 아무리 절친이어도 카카오톡 없으면 생사 확인도 못 하는 세상이다. 나는 그날 밤 나의 공고한 벽 하나를 허물었다. 새로운 동네 맛집들을 주워들었고, 우리 동네에 이렇게 다양하고 재밌는 사람이 살고 있단 것도 알게 되었다. 자매와 사는 여성 2인 가구로서 전에 비해 동네가 더 안전하다고도 느끼게 됐다. 그날 이후 나의 '동네 라이프'는 매우 즐겁고 다채로워졌다.

놀이터에 누군가가 산다

그와는 참 많이 걸었다. 우리는 사귄 지 얼마 되지 않은 커플이었고, 집 앞에서 헤어질 때쯤엔 손 마주 잡고 쎄쎄쎄 흔들다가 결국 같이 걸었다. 학생인 그의 주머니 상황에 맞춘 데이트를 주로 했고 그래서 카페에 머물기보다는 동네를 빙빙 돌았다. 그러다가 발견—'발굴'이 맞는다, 눈에 불을 켜고 앉아 있을 공간을 찾아낼 수밖에 없었으니까—한 곳이 동네 놀이터였다.

지금은 쫑난, 그가 아니었다면 절대 알지 못했을 장소다. 우리 동네에 이런 보물 같은 스폿이 있었다니! 그 놀이터에서 애들을 한 번도 보지 못했다. 거친 숨을 뱉으며 턱걸이하는 젊은 남자, 줄넘기 몇십 번 휙휙 넘겼을 뿐인데 만면에 뿌듯함을 띠며 들어가는 여고생, 벤치에 앉아 술판을 벌이는 무리들, 데이트하는 연인, 그리고 어슬렁거리는 점박이 고양이가 있다. 이놈은 놀이터 데이트를 할 때마다 감시하듯 나타나 슬쩍 쳐다보고 이내 다른 곳으로 사라지곤 한다. 길고양이지만 밥을 챙겨주는 누군가가 있는 듯하다. 그래서 선뜻 이름 붙여줄 수 없다.

새벽 한두 시쯤 집 들어가기 아쉬운 이들이 모이는 곳. 동네 놀이터다. 젊은이들의 경로당 같은 역할을 한달까. 성인들이 많이 모이는 놀이터이지만 그렇다고 밤에 으슥하지도 않다. 바로 앞 편의점에 불이 항상 켜져 있고 가로등도 밝아 혼자 산책하기에도 나쁘지 않다.

나는 회식이 끝난 밤 우유 하나를 사 들고 이곳 그네에 걸터앉곤 한다. 흔들거리며 멍 때리다 보면 내가 취해서 흔들리는 건지, 그네가 흔들리는 건지 헷갈리는데 그 과정에서 술이 좀 깬다. 그네 맞은편엔 정자가 하나 있다. 나는 이 정자에 반쯤 걸터앉아 있다가 그대로 누워 밤공기 마시는 것을 좋아한다.

날 풀린 어느 밤 그네를 타다 보니 정자 위에 이불로 둘둘 싸놓은 무언가가 보였다. 아무리 봐도 움직이지 않고 대형 폐기물처럼 버려진 느낌이었다. 가까이 갔더니 사람 형체였다. 그는 누에고치처럼 이불 안에 돌돌 싸인 채 꼼짝 않고 있었다.

어쩌다 보니 그 주에 거의 매일 놀이터에 들렀는데 그는 항상 놀이터 정자 위에 옆으로 누워 미동이 없었다. 다른 사람들을 방해하지도 위협하지도 않고 말이다. 대체 그가 언제쯤 움직이는지, 그네 위에서 노려봤지만 눈만 아팠다. 별다른 움직임이 없기도 했지만 사람들은 정말로 그를 없는 사람 취급했다. 그가 있는지 정말 몰랐을 수도 있고. 연인들은 아무도 없는 것처럼 놀이터에서 키스를 했고 어떤 사람들은 고성을 지르며 2차를 벌이기도 했다.

나는 그가 죽은 게 아닐까 걱정이 됐다. 낮에 놀이터에 잠깐 들렀다. 정자 위엔 아무 흔적도 남지 않았다. 동네 사람이 몇 모여 과일을 깎아 먹고 있었다. 아이들도 간간이 보였다. 그는 낮에는 동네 어딘가를 배회하다가 늦은 밤 놀이터로 귀가해 밤을 보내는 듯했다. 그래, 여기가 그의 거처로구나. 밤과는 사뭇 다른 놀이터를 보니 정말로 그렇게 생각되었다.

어느 밤, 친구와 함께 놀이터에 갔다. 둘이 맥주 한잔 걸친 뒤 신나서 벤치에 앉아 수다를 마저 떨었다. 친구의 데시벨이 조금 올라갔다. 나는 나도 모르게 "쉿!" 했다. "여긴 저 아저씨 집이잖아." 내 말에 친구는 황당해했다. "여기서 자는 저 아저씨가 잘못이니? 아님 내가 조금 떠든 게 잘못이니?" "응, 네가 잘못이야."

내가 왜 그렇게까지 말했는지 모르겠다. 공공장소를 개

인 공간인 양 차지하고 있는 저 아저씨. 평소의 나라면 도끼눈을 하고 쳐다봤을지도 모른다. 그런데 이상하게 그 아저씨의 공간을 존중해주고 싶어졌다. 동정심은 확실히 아니다.

우리 동네 놀이터에는 정물이 되어버린 아저씨가 있다. 적어도 여름밤까지는 그럴 것이다.

그들 각자의 알몸

고백하건대 나는 목욕이 싫다. 탕 안에서 5분만 지나면 머리가 핑 돈다. 구체적으론 대중목욕탕이 싫다. 여럿이 쓰는 탕 안에 몸을 담그는 일도, 젊은 처자들의 몸을 훑는 중년 무리의 희뜩한 눈알도, 내가 그 처자 중 한 명이란 사실도, 모두 싫다.

일곱 살 때쯤인가, 설마 딸이 그렇게까지 까무잡잡한 줄도 모르고, 우리 엄마는 '이게 다 때'라며 내 목이 벌게질 때까지 수박색 이태리타월로 빡빡 밀었다. 목주름을 따라 가로로 딱지가 줄줄이 앉았다. 그 후로 목욕이 그냥 싫다. 엄마가 내 등을 밀어줄 때마다 나는 20년도 더 된 이 얘기를 꺼낸다. 엄마는 하하호호 웃는다. 내겐 목욕 트라우마를 안겨준 사건이지만 엄마에겐 그저 추억인가 보다.

그 시절 동네 목욕탕을 나오면 겨울 한가운데서 풍기는 풀빵 냄새가 향긋했다. 팔뚝에 목욕 바구니를 척 걸고, 가족 다섯이서 입에 풀빵 하나씩 물고 들어가는 길이 즐거웠다. 팥소 하나 없이 밀가루 반죽으로만 구운 풀빵 냄새를 겨울날 우연히 맡게 될 때마다 미소가 지어진다. 목욕탕 냉장고에 있는 바나나우유는 먹어보지 못했다. 우리 엄마는 동네 슈퍼마켓보다 두세 배 비싸게 파는 그 우유를 사는 일이 대단한 바가지를 쓰는 것이라 여겼다. 나는 엄마가 등을 밀어줄 때 이 얘기도 한다. 그때 바나나우유를 못 먹어서 지금 환장하는 거라고. 엄마는 "그러게, 그게 얼마라고 안 사줬나 몰라" 하며 목소리가 촉촉해진다. 내겐 추억이지만 엄마에겐 어려운 시절 자식들을 풍요롭게 해주지 못한 미안함을 불러일으키는 매개인 듯하다.

동네 목욕탕에 대한 추억은 열 살 언저리에서 멈췄다. 이차성징이 시작되고 젖멍울이 잡히기 시작할 때쯤부터였을 것이다. 스무 살 이후 본가를 나와 살면서부터 대중탕으로 돌아오게 됐다. 1인이나 2인이 살 수 있는 집에는 대개 욕조가 없기 때문이다.

맛집이나 카페 후기는 넘쳐나지만 목욕탕은 그 흔한 블로그 홍보 포스팅조차 찾기 어렵다. 그렇다고 남에게 추천받기도 어렵다. 그도 그럴 것이 나만 해도 내가 다니는 목욕탕을 굳이 얘기하진 않는다. 애매하게 친한 지인과 알몸으로 마주치는 일이 나에겐 아직 불상사에 가깝다. 결국 몇 년의 시행착오 끝에 여러 목욕탕과 대형 찜질방을 한 달에 한 번씩 전전하는 목욕 난민에서 벗어날 수 있었다. 세신의 맛을 알게 되면서부터다.

때밀이—나는 세신사보다 이 말을 좋아한다—의 가장 큰 덕목은 무심함이다. 여러 번 본 사람이라도 왠지 먼저 알은척을 하면 부담스럽다. 아직 부끄러움을 완전히 벗지 못한 탓인지도 모르겠다. 내가 다니는 목욕탕 때밀이 아주머니는 내 몸이 열탕 안에서 익어 흐물거리기 전에 통명하게 "언니 와서 누워"라고 말해주신다.

몸의 감각이 여느 때보다 예민해진다. 어떤 부위는 남의 손이 닿을 때면 흠칫 놀라며 몸이 굳곤 한다. 그러면 아주머니는 아무 말 없이 손바닥으로 허벅지를 툭툭 두 번 친다. 나는 숨을 후, 뱉으며 힘을 뺀다. 그녀와 나는 환상의 복식조다. 나는 그녀의 손짓에 맞춰 몸을 뒤집고 옆으로 눕고 팔을 위로 들어올린다. 내 머리맡에서 그녀가 허리를 숙이고 때를 리드미컬하게 밀 때마다 그녀의 뱃살이 찰랑찰랑 내 얼굴을 친다. 몇 번 다니다 보니 예전처럼 당황하지 않게 되었다.

엊그제 목욕탕을 갔는데 평소에 좀체 말을 걸지 않는 그녀가 종아리를 쓰다듬으며 "언니 참 예쁘게도 탔네"라고 했다. 이상하게 불쾌하지 않았다. 몸에 대한 편견이 들어 있지 않은 말이었다.

돈 내고 서비스를 받을 때조차 내 몸은 얼마나 많이 평가받는가. 회당 15만 원짜리 레이저를 쏘는 피부과 의사는 "눈가가 어둡다", "모공이 넓다"며 결함을 잡아내기 바쁘고, 기분 전환 겸 들른 미용실에서는 "머리가 개털이네요" 소리를 들으며 결국 영양 앰플을 추가한다. 체력 기르려고 1시간에 7만 원짜리 PT를 결제했더니 트레이너는 팔뚝 살을 꼬집으며 "여기 셀룰라이트 좀 봐요" 한다. 마사지 숍에서는 "어깨가 이렇게 많이 뭉쳤으니 거북목이 돼서 걸을 때 폼이 안 나는 것"이라고 진단한다. 어쩌면 그들은 손님의 몸을 평가해야 비로소 자신의 전문성을 드러낼 수 있다고 굳게 믿고 있는지도 모른다.

그런 말들을 떠올리며 나는 미끌미끌한 때밀이 침대가 안전한 공간이라고 느꼈다. 어떤 몸이 그 자리에 눕든 때밀이 아주머니는 때를 벗겨야 한다는 직업적 목표만 가지고 바라볼 것이라는 믿음이 있다. 임신선이 선명한 볼록한 배는 비누를 한껏 묻혀 슬슬 문지르고 살가죽이 축 늘어진, 세월 품은 몸은 거죽을 들춰 사이까지 꼼꼼하게 닦아낼 것이다.

그날 바나나우유를 빨며 집으로 돌아오는 길에, 올겨울엔 목욕탕에 더 자주 다녀봐야겠다 생각했다.

이웃을 위한 6인용 테이블

버스 세 정거장 거리를 걸어갈까 말까 하다가 7011번을 탔다. 상수동에 있는 디디네 집에 가기 위해서였다. 그녀는 동네 독서 모임 '북 플레이리스트(줄여서 북플)' 창립 멤버이자 동네 이웃이다. 집에 드나드는 사이라고 하면 꽤 오랜 관계 같아 보이지만 알게 된 지는 얼마 안 된다. 그래도 코로나19 시국에서 자주 본 친구로는 열 손가락 안에 들 테다. 이름을 알아도 독서 모임에서 닉네임으로 부르던 게 익어 계속 디디라고 한다. (원래 '님'을 붙여 부르지만 글에서는 생략했다.)

제일 먼저 도착한 나를 디디가 꽉 안았다. 나는 이 친구의 이런 개방성에 쑥스러운 티를 숨기지 못할 때도 있지만 속으로는 매우 좋아한다. 엊저녁 생리통으로 고생했다길래 챙겨 온 온열 팩부터 건넸다. 이어 아엔데와 써니가 먹을거리를 사 들고 와 주섬주섬 풀었다. 디디는 차를 내놓았다. 모두 이 근방에 산다. 때문에 디디가 바로 전날 제안한 다과회를 기꺼이 반기며 모였다.

몇 주간 꾹꾹 누른 이야기보따리를 네 시간 넘게 풀었다. 우리가 둘러앉은 6인용 테이블에 비치는 햇살이 한풀 꺾이고 어느새 저녁이 되었다. 디디네 집은 상수나들목 앞 대로변에 있다. 전실을 지나면 주방 겸 거실이 나온다. 6인용 테이블이 꽉 채운 공간이다. 사각형 거실을 중심으로, 왼쪽으로는 방 두 개, 오른쪽은 화장실과 주방, 앞쪽으로는 창문, 뒤로는 현관이 나 있는 신기한 구조이다. 방 두 개는 디디와 그의 룸메이트 송송이 각각 쓰는 방이다. 거실 벽면에는 이 집에 왔다 간 이들이 매직으로 방명록을 남겼다. 여기 처음 오는 사람이라면 이 글들부터 유심히 읽어볼 게다.

이날은 두 번째 방문이었지만 처음 이 집에 급작스러운 초대를 받았을 때 어색해한 쪽은 나였다. 말 한마디 안 하고 함께 있어도 어색한 기운이 없는 사이 정도는 돼야 집에 친구를 부르는 편이다. 무엇보다 허물없는 사이라도 집으로 부르는 이상은 생활감을 잠시나마 가리기 위한 청소를 해야 한다고 생각하기에 집에 누군가를 초대하는 일은 대형 행사가 되어버린다. 그런 이유로 상대의 집에 가는 것도 지레 민폐처럼 느끼고 조심스러워한다.

디디네 할머니가 쑤어 주신 도토리묵.
6인용 테이블에서 한참 수다를 떨었다.

그래서 명절 연휴가 끝나고 자기 집으로 할머니가 쑤어 주신 도토리묵을 먹으러 오라는 디디의 초대가 꽤 신선했다. 홈 메이드 도토리묵이라니 체면 차릴 계제가 아니었다. 딱히 날 불러놓고 집을 치운 것 같지도 않고 냉장고에서 도토리묵을 꺼내오는 디디의 자연스러운 모습에 나는 반해버렸다. 대인 거리가 긴 내게 가끔 훅 들어오는 디디의 붙임성은 가벼운 충격을 준다. 대체로 싫지 않고 즐겁다.

디디는 이날 예상치 못한 이별 통보(?)를 했다. 회사에서 전남 한 도시로 발령을 받으면서 그리로 거처를 옮긴다고 했다. 사택이 제공되지만 거실이 딸린 전셋집을 구할 거라고도 했다. 이어지는 그녀의 말이 인상적이어서 서운함을 토로할 타이밍을 놓쳤다.

“사택 살면 1년간 저축하는 돈도 더 많겠죠. 2주 사이에 전셋값이 천 단위로 올라가니 집 구하기도 무서워요. 하지만 내 공간에 사람들을 부르고 지금 같은 커뮤니티를 꾸리는 일이 잠정적 비혼 생활을 위한 자산을 마련하는 거라고 생각해요. 거긴 젊은 사람들 네트워크가 한정적이고 온라인 커뮤니티도 셀프 소개팅하는 사람들만 보이더라고요. 제가 가서 우리 북플 같은 모임 만들어보려고요. 거실을 살롱으로 내놓으려면 아무래도 내 공간이 필요하겠더라고요.”

우선 집에 대한 개념이 이렇게 다를 수 있구나 하고 놀랐다. 나에게 집은 '자기만의 방'이다. 하루를 마치고 들어와 혼자서 책 읽고 일기 쓰고 잡념 정리하는 아주 사적인 공간. 누군가 내 공간에 오는 게, 내 생각의 지분 일부를 내어주는 것이란 느낌을 받는다. 곧 이사할 집을 고를 때도 내게 방 하나쯤은 온전히 서재로 내어줄 환경을 만들어주고픈 소망이 가장 컸다. 특히 서울은 집 한구석이라도 남과 공유한다는 상상조차 하기 힘든 집값이 아닌가. 나의 방어적 의문에 디디는 이렇게 말했다.

"꼭 모든 걸 다 공개할 필요도 없어요. 6년 전 이 집 구할 때도 룸메랑 각자 공간이 구분돼 있는 점이 좋았거든요. 거실은 공유하되 서로의 생활은 분리하는 거죠. 처음에 정말 낡은 주택이었는데 제일 먼저 거실에 6인용 테이블을 들이고 위에 조명도 직접 달았어요. 문짝엔 파란색 페인트도 칠했고요. 셰어 하우스에 살면서 내가 이런 거주 방식을 좋아한다는 걸 알게 됐어요. 거실 딸린 집을 구하는 건 건강한 라이프를 위한 투자인 셈이죠."

'혼삶'에 대비하기 위한 자산을 마련하는 차원에서 집을 구한다는 그녀의 시각이 여운을 남겼다. 나는 그런 정서적 기반이 빈약해 가끔 심한 감정 소모를 하고는 한다. 결혼을 해결책으로 제시하는 주변 의견은 무시하는 편이다. 그렇다고 당장의 혼삶을 위한 관계를 잘 챙기지도 못했다. 최근에야 안정적 주거를 위한 물적 기반의 필요성 정도만 절감하고 있던 터였다.

그나저나 디디가 떠난다니 매우 섭섭하다. 사람 좋아하는 디디라면 어느 주말 합정에 와 "와일드 님—내 닉네임이다—뭐 하세요?" 하고 불러내겠지만, 그러면 난 또 꼬리 흔드는 강아지처럼 뛰어나가겠지만 말이다. 데면데면한 나를 술집 '관각'으로 불러내 다른 이웃을 소개해주는 디디가 이제 동네에 없다. '상수리바'에서 세상을 통탄하며 지적인 언어를 쏟아내던 디디, 신촌 CGV에서 영화 〈남매의 여름밤〉을 보고 집까지 걸어오며 영화 너무 좋다고 함께 호들갑 떨던 디디, '오츠 에스프레소'에서 역시 이 책 너무 좋다고 김현의 《호시절》을 추천하던 디디, 가을날 한강 피크닉 나가면 알전구와 블루투스 스피커를 챙겨와 정취를 북돋아주던 디디, 재택근무 기간 '순희이모네' 백반집에서 지그재그로 앉아 같이 점심 먹던 디디, 두릅베이컨말이를 기가 막히게 만들고 귀한 음식 잘 나누는 디디, 내게 킥복싱의 세계를 맛보여주며 미트 팡팡 치는 소리에 흥분케 만들었던 디디가 없다.

디디와 함께 동네에서 독서 모임을 꾸리면서 나도 모르는 사이 감정이 건강해지는 경험을 자주 했다. 운 좋게도 우연히 모인 이웃들이 모두 괜찮은 사람들이었다. 업무 외적으로 만나 편한 사이이기도 했겠지만 어디서 봤었어도 매력이 묻어

나는 미더운 이들이다. 오늘도 집에 들어오니 오랜만에 상쾌한 기분이 들었다. 내 건강한 생활은 이들에게 빚지고 있음을 알게 되었다. 이사한 디디는 벌써 이웃들에게 "좋은 이웃이 되겠다"며 쓰레기봉투를 돌렸다고 했다. 디디답다. 아쉽지만 그녀의 새로운 시작을 온 힘으로 응원할 수밖에.

나 혼자만의 성채를 쌓겠다고 '자기만의 집' 마련에 혈안이 돼 있던 요즘의 내게 디디는 의도치 않은 죽비를 치고 말았다. 혼삶의 단출함을 꿈꾸던 나는 이제 6인용 테이블에 사람들을 앉히는 생활을 동경하기 시작했다. 우리 집에도 6인용 테이블이 있기는 하다. 평상시에는 반으로 접을 수 있어 공간을 많이 차지하지 않지만 손님이 오면 죽 펼쳐서 앉을 수 있으니 2인 가구 신용카드를 꺼내게 하기 충분했던 아이디어 상품이었다. 그러나 이 집에서 지난 3년간 접혀 있는 날개 한쪽을 펴본 적이 손에 꼽는다. 6인용 테이블은 '당근마켓'에 내놓고 작은 원형 테이블을 살 작정이었다. 그런데 오늘에서야 비로소 이 테이블의 쓸모가 눈에 들어오기 시작한 것이다.

그랜드 프렌마

첼로를 다시 배우기로 결심하고 길 건너 있는 홈플러스 문화센터에 등록했다. 스즈키—첼로 입문자를 위한 교본이다—1권에 나오는 〈리고동Rigaudon〉을 연주하면서 오랜만에 유희하는 기분을 느꼈다. 집에 방치 중인 악기를 메고 갈 엄두가 나는 거리이기에 토요일 오후 짬을 내 한 시간 남짓 수업을 듣고 있다.

물론 집에서 연습하는 일은 잘 없다. 그래서 수업에 30분 정도 일찍 갔다. 이미 나보다 부지런한 수강생이 와 있었다. 한 할머니가 대여용 악기를 꺼내와 악보를 미리 보고 있었다. 이전 수업에서도 "어휴, 돌아서면 잊어버리네, 호호" 하면서도 선생님한테 질문을 계속하는 열의가 느껴져 어떤 분인지 궁금했다.

할머니 특유의 붙임성 덕인지 먼저 나에게 말을 붙이셨다. 그녀는 연습 많이 했느냐며, 자기는 바이올린 습관이 남아서 선생님한테 지적을 받았다고 했다. 바이올린 얘기를 듣자 퍼뜩 생각이 스쳤다. "혹시 길 건너 ○○ 건물에 살지 않으세요?"

나도 참, 사람 못 알아본다. 그녀는 위층에 사는 이웃이었다. 그전에도 서너 번 말을 섞고 가끔 인사도 나눴었는데 이번 달 마지막 수업 날에서야 알아본 게다. 3년 전 지금 집에 이사 오던 날, 이삿짐이 오가도록 현관문을 열어놓았더니 그녀는 빼꼼 고개를 들이밀고 새로 왔느냐며, 나는 4층에 사는데 잘 부탁한다고 했다. 바이올린을 배우고 들어오는 길에 문이 열려 있길래 인사하려고 들렀다고 덧붙였다. 돌이켜보면 이 동네 첫 이웃인 셈이었다. 그때 은발이 참 고와 보인다고 느꼈었다.

바이올린을 했었다는 소리에 기억이 떠오르며 안면 인식이 됐다. 그 얘기를 하자 그녀도 그제야 무릎을 탁 치며 나를 알아봤다. 그녀는 "내가 뇌출혈로 쓰러진 이후로 기억이 자꾸 가물가물해서 미안해요"라고 사과까지 했다. 할머니의 기억력이나 내 센스를 탓하지 말고 피차 마스크 때문이라고 쳐야겠다.

한번은 집에 들어오는 길에 1층에서 그녀를 만났는데 대뜸 내게 귀걸이 안 잃어버렸냐고 물었다. 1층에서 주웠는데 아무래도 아가씨들 것 같다면서. 갸우뚱하는 내게 잠깐만 기다려보라더니 집에서 귀걸이 한 짝을 들고 나왔다. 엄마한테 선물받았던 링 귀걸이였다. 사실 잃어버린지도 모르고 있었다. 나는 너무 반가워하며 감사를 전했다. 그녀는 몇 번 우리 집에 찾아와 문을 두드렸는데 그때마다 아무도 없었다며, 내 이걸 보고 딱 3층 아가씨 둘 중 하나가 흘렸을 거라고 생각했다며, 내가 감사해하는 것보다 더 격하게 스스로의 노고를 치하하며 기뻐했다.

수업을 시작하기 전까지 연습은 내팽개치고 수다를 떨었다. 그녀는 지금의 우리 집에 전에도 자매가 살았었다고, 그런데 그 아가씨가 밤에 들어오는데 술 취한 남자가 따라 들어와서 너무 무서웠다길래 자기 번호를 알려줬다고 했다. 같은 건물에 살면서 자기는 할머니니까, 젊은 사람들 챙겨줘야 할 것 같은 책임감을 느낀다고 했다. 그러면서 무슨 일 있거나 하면 전화하라고 전화번호를 알려줬다. 그런 일로 할머니한테 도움을 청하진 않을 것 같긴 하지만 마음이 감사해 흔쾌히 스마트폰을 내밀었다.

저장하기 위해 이름을 묻자, “할머니라고 불러도 돼요” 했다. 실은 그녀에게 ‘선생님’이라는 호칭을 쓰고 있었는데 나이 많은 여자 어른에게 ‘어머니’, ‘할머니’라고 먼저 부르는 게 언제부턴가는 실례라고 생각되기 때문이다. '어르신'이라고 하자니 그 정도의 노인은 아닌 듯했다. 나는 그녀와 친해지고 싶었기에 먼저 그렇게 말씀해주시는 게 반가웠다. 그녀는 꼬박꼬박 내게 존대를 했다. 이름을 알려드렸다.

수업이 끝나고 집까지 같이 걸어왔다. 그녀는 일흔여섯이고 지금은 혼자 산다고 했다. 이 동네에는 젊은 1인 가구만 있는 줄 알았다. 인적 구성이 다양한 점이 이 동네의 매력임을 다시금 느꼈다. 생각해보니 내 나이를 말씀드리진 않았다. 그녀는 내게 나이를 묻고 "좋을 때다" 하는 할머니가 아니었다.

우리는 집에 오면서 각자 월세는 얼마씩 내고 있는지, 첼로는 어떻게 시작하게 됐는지, 개념 없이 새벽마다 드럼을 치는 이웃으로 인한 고충은 또 얼마나 큰지 얘기를 나눴다. 그녀는 퇴직 후 오디션을 봐서 시니어 모델로 활동하고 있다고 했다. 벌써 7년차가 되었다고, 원래는 뮤지컬 연습도 하고 광고 촬영도 가끔 하는데 요즘에는 통 밖에 나다니질 못해서 너무 심심하다고 했다.

어쩐지 한눈에 봐도 패션 센스가 남다른 분이셨다. 그날도 블랙 새틴 원피스에 카디건을 걸치고 큰 진주 귀걸이를 하셨다. 실은 그 모습이 너무 기품 있어 보여 속으론 '꼭 나이 들면 블랙 원피스 입는 할머니가 되어야지' 했다. 하지만 진짜 멋있는 건 무언가를 계속 배우려는 그녀의 자세였다. 나도 할머니가 있지만 자주 뵙진 못하니 잘해드리고자 하는 마음만 있고 정작 대화는 어색하다. 미주알고주알 떠드는 살가운 손녀는 아니기에 “건강하세요”, “사랑해요”만 하다가 전화를 끊을 때가 많았다. 그런데 이 할머니에게는 계속 질문을 건네게 된다.

새로 만난 첼로교실 동기 할머니와 친구가 되고 싶었다. 나는 그녀에게 “저희 집에서 차 한잔하고 가실래요?” 먼저 제안했다. 대충 집을 치울 테니 10분 뒤에 내려오시는 게 어떠시냐며. 그녀는 손사래 치며 “아유, 이영 양 불편하잖아. 우리 다음 주에 또 첼로교실에서 봐요” 하며 쿨하게 계단을 올랐다. 진심이었는데 내가 예의상 권했다고 여긴 모양이었다.

다음 달 첼로교실은 나가지 못했다. 한동안 그녀를 마주칠 기회가 없다가 비 오는 날이 인연을 다시 맺어주었다. 쌀쌀하니 고춧가루 살짝 푼 얼큰한 국물이 당겼다. ‘망원동즉석우동’에 자리를 잡고 앉는 찰나 메시지가 왔다. “이영 양 퇴근했어요? 비가 와서 전을 몇 장 부쳤는데 집에 있으려나요?”

즉석우동이냐, 김치부침개냐 내적 갈등이 시작됐다. 할머니 마음씨가 감사한데 기다리게 할 수 없었다. 하지만 옆 테이블 손님이 국물을 한 모금 마신 후 ‘카~’ 하고 내뱉는 감탄사를 들어버렸다. 결국 즉석우동을 주문한 뒤 뚝딱 해치우고 집에 들어왔다.

마침 할머니가 우리 집 벨을 눌렀다. 사실 전날 사과와 오렌지 몇 알을 갖다 드리려고 했었는데 밤이 늦어 관뒀었다. 따로 포장해놓은 과일을 드렸다. 졸지에 물물교환 하는 모양새가 됐다. 할머니는 얼른 쉬라며, 종종 계단으로 올라갔다.

손만 대충 씻고 앉아 부침개를 죽 찢어 입에 넣었다. 보아하니 할머니는 일부러 내가 오는 시간에 맞춰 방금 전을 따로 부쳐온 것 같았다. 접시도 따뜻하게 데워져 있었다. 즉석우동이 뭐라고, 죄송스러웠다. 김치부침개가 뭐라고, 괜히 울컥했다. 내가 귀가하는 시간에 맞춰 따뜻한 음식을 준비해준 마음이 너무 감사했다. 무엇보다 온기가 식지 않은 부침개라는 점이 하루치 고단함을 싹 씻어낼 만큼 위안이 됐다.

음식을 한 번 나눈 사이니 친구 되기는 어렵지 않았다. 한동안 의좋은 형제처럼 서로의 집 앞에 두고 간 음식이 쌓여갔다. 할머니는 중고 첼로를 하나 들였다며 우리 집에 가지고 내려오기도 했다. 브리지를 다시 끼웠는데 위치가 맞는지 내 악기와 비교해보기 위해서였다. 할머니는 금방 흥미가 식어버린 나와 달리 계속 첼로교실에 다니며 나한테 악보를 빌려가기도 했다.

왜 그 할머니와 친구가 되고 싶었는지 이유를 알 것 같다. 젊은 사람들 틈에서 느린 자기를 부끄러워하지 않고 배우겠다는 열의가 넘치는 사람에게는 속수무책으로 끌릴 수밖에.

그녀의 멋들어진 은발은 거들 뿐이다.

이런 할머니들에게 '그랜드 프렌마'라는 이름을 붙여주고 싶다. 프렌드와 그랜드마더를 내 맘대로 섞어봤다. 패션 유튜버 '밀라논나'도 그랜드 프렌마 중 한 명이다. 나는 그녀의 '나이트 루틴' 브이로그 영상을 좋아한다. 그녀는 견과류와 야채로 간단한 저녁을 차리고 흑맥주를 곁들인다. "요즘에는 이걸 혼맥이라고 한다면서요? 젊은 친구들 용어를 배울 때마다 너무 재밌어요"라고 말하며. "좋아하는 색이 정해져 있으니 물건 살 때도 편하더라고요" 하며 오렌지색 매트를 깔고 5분간 쟁기 자세를 취한다. 책상 앞에서 45년째 밤마다 가계부를 정리한다. 이탈리아 잡지를 보다가 모르는 단어가 나오자 사전을 찾아가며 "공부는 끝이 없어요, 그렇죠?" 말을 건넨다. 몸에 익은 루틴으로 하루를 정돈하는 모습을 구경하다 보면, '저 사람은 인생의 끝자락도 저 하루처럼 단정하고 자연스럽게 문을 닫고 퇴장하겠구나' 상상하게 된다.

그랜드 프렌마 앞에선 나 역시 어려서 마냥 기특하고 귀여워 보이는 특권을 내려놓게 된다. 너무 할 말이 많기 때문이다. 예의를 갖추거나 조언을 구하기보다는 수다 한번 제대로 떨고 싶다. 말동무가 되어 살아온 얘기를 들어드리기보단 내 얘기도 하고 하하호호 하고 싶다.

나이 들면 의욕이 사그라들고 서러워지기만 하는 거라는

편견이 깨지는 깨달음은 덤이다. 그랜드 프렌마들은 구태여 자신이 깨달은 인생 꿀팁을 말하지 않고도 자신의 일상으로써 이를 전하고 있다.

자취란 무엇인가

“자취하세요?”라는 질문을 들으면 뭐라 답할지 난감하다. “아뇨, 남이 차려주는 밥상 돈 주고 사먹습니다”라고 말하고 싶은 마음을 꾹 눌렀다. 또 다른 버전으로는 “인간은 누구나 제 손으로 밥 지어 먹는 존재죠”, “제 나이가 몇 갠데 아직도 자취라는 말을 듣네요, 호호” 등이 있다. 하지만 나는 사회적 동물이므로 “네. 동생과 같이 살아요” 정도로 답한다. 그 질문이 유독 거슬리는 날엔 “네. 독립해 살고 있어요” 정도로 정정해준다. 누군가 내 생활양식을 자취(自炊)라는 말에 욱여넣으려고 하면 괜스레 심통 부리고 싶다. 이 단어만 들어도 노이로제가 걸릴 것 같다.

시간은 죽 거슬러 올라가 김칫국 콸콸 들이켜던 남자들에서부터 시작한다. 스물여섯 어느 날, 구구구구구…… 썸남과 취중진담이 오가던 순간이었다. 그는 당시 혼자 살던 내게 이렇게 말했다.

"남자 입장에서는 여자 친구가 자취하면 좋은 면이 많지. 사실 모텔비 부담도 만만치 않거든. 같이 편하게 쉴 수도 있고."

지금이었다면 "내가 네 모텔비 아껴주려고 뼈 빠지게 벌어서 월세 내는 줄 아냐? 내 돈인데 왜 네가 설레니? 그리고 누가 너 우리 집에 들인대? 김칫국 좀 작작 마셔라"고 쏘아붙였겠지만 그땐 찝찝한 기분만 품은 채 집에 들어갔다. 그날 밤 나는 문 앞까지 데려다주겠다던 그의 제안을 한사코 거절했다. 그 대화로 인한 불쾌함이 취기 못지않게 끓어올랐고, 밑바닥에는 경계심도 적잖이 깔려 있었다.

썸남까지 가지 않더라도 소개팅 자리를 건네며 "야, 자취한다니까 너도나도 손 들더라" 같은 요상한 말을 굳이 전하는 이가 있었다. 그저 일로 만난 사이일 뿐인데 내가 혼자 산다고 하자 "오~~ 자아취이이이이~~~!!!" 하면서 물개 박수를 치던 이도 떠오른다. '자취하는 여자가 이상형'이라는 말이 농담으로 공공연히 쓰이고, 개그 프로그램에선 미녀(?!) 개그우먼이 "저 자취하고 잘 취해요"라는 멘트를 날린다. 술집 갔더니 벽면에 '너는 자취했을 때가 제일 예뻐'라는 네온사인이 붙어 있어 술맛 팍 떨어진 날이 있다. (다시 보니 '너는 취했을 때가 제일 예뻐'였다. 이러나저러나 술맛 버리긴 매한가지다.)

자고로 자취하는 여자란 공력 들이지 않고도 손쉽게 침대 — 그것도 내 침대! — 로 데려갈 수 있는 대상이란 말인가. 1차적으로 불쾌한 지점이 여기 있다. 문제는 별다른 흑심 없이 물어오는 "자취하세요?"가 왜 자꾸 맴도는가이다.

자취란 무엇인지부터가 정말로 궁금하다. 부모님과 떨어져 살면 자취인가? 그런데 왜 신혼부부에겐 자취라는 말을 안 쓰나? 고향을 떠나 타지 생활하면 자취인가? 이미 인생 절반 가까이를 서울에서 살았는데 몇 년을 더 살아야 자취가 아닌가? 한 30년 서울 살면 '비(非)자취인' 증명서라도 나오나?

사전적 의미로 돌아가 손수 밥 지어 먹으면, 즉 밥상 차려줄 이 없으면 자취인가? SBS 예능 프로그램 〈미운 우리 새끼〉에 나오는, 반백 살 다 돼서도 엄마 없이 아무것도 못 하는 것처럼 보이는 어떤 연예인을 보면 그럴 듯도 하다. 그러면 내 입에 삼시 세끼 극진히 넣어주는 나한텐 왜 자꾸 자취한다고 하느냐는 말이다. 혼자 사는데 쿠쿠 한번 안 울리는 집은 자취인가 아닌가?

단순하게 모든 1인 가구는 자취한다고 봐야 하는 건가? 나는 동거인이 있는데 왠지 자취하느냐고 물으면 그렇다고 해야 할 것 같다. 아니면 월세살이, 전세살이 하면 자취인가? 질문자가 자가 여부를 궁금해하는 것 같진 않으니 이 답도 아니다.

결국 자취의 명확한 기준은 찾지 못했다. 다만 아무리 생각해도 내가 비자취인이 되는 방법은 남편을 만드는 수—다른 수가 있으면 알려주시라—밖에 없는 것 같다. 보호해줄 가부장이 없어서 어딘가 비어 보인다는 인식이 "자취하세요?"라는 말에 내포된 게 아닌가 의심한다. 세간의 인식에 발맞추자면 남성 1인 가구는 밥 차려주고 돌봐줄 아내가 생겨야 비로소 자취에서 벗어날 수 있는 것 같기도 하다. 그렇지 않고서야 왜 남자가 자취하면 짠하고, 여자가 자취하면 쉬워 보인다는 인식이 이리 파다하겠는가. "남자가 자취하면 남자가 꼬이고, 여자가 자취해도 남자가 꼬인다" 같은 말에서도 그 단서를 찾을 수 있다. 사람들이 말하는 자취는 '결혼 전 임시로 거쳐가는 미성숙한 생활' 정도로 정리할 수 있겠다는 결론에 이르렀다.

자취는 삶의 중요한 나사 하나가 빠진 미완성의 생활양식이라는 어감을 풍긴다. 자취인(人)보다는 자취생(生)이라는 말이 널리 쓰이는 이유다. 제아무리 의식주 스스로 해결한다는 자부를 갖고 살아도 자취라는 말 속에서는 독립된 존재로 대우받기 어렵다. 그래서 스물 남짓에는 그럭저럭 수긍할 수 있었던 그 말이 지금은 꽤 듣기가 거북해졌다.

자취를 대체할 말을 궁리해보았다. 부모님 떠나 산 지

10년이 넘었으니 독립이라는 말도 썩 어울리지 않는다. 그나마 '혼삶' 정도가 내 상황을 잘 표현해주면서도 우리말이니 입에 착 붙는다. 비록 내 정서가 1인 가구에 가깝다 할지라도 엄연히 동거인이 있으니 썩 적확하진 않지만.

여러 말을 입 안에서 굴려보다가 동네 안에서는 굳이 자취니 독립이니 하는 말을 쓴 적이 거의 없다는 사실을 발견했다. 한 집 걸러 1인 가구가 산다고 해도 과장으로 느껴지지 않는 합정과 망원 일대에서는 오히려 혼삶이 보편적인 생활양식처럼 느껴진다. 내 삶에 대해 설명을 덧붙일 필요가 없다는 의식만으로도 얻는 심리적 안정감이 크다. 아무래도 자취를 대신할 말을 찾기보단 그런 삶의 방식을 평가 절하하지 않고 바라보는 이들을 곁에 두면서 살아가는 편이 나을 것 같다.

우리에겐 한강이 있잖아

초등학교 저학년 때까지 달리기에서 꼴찌만 했다. 손등에 찍어주는 1, 2, 3등 도장은 넘보지도 않았다. 그저 내가 둔하다고만 생각하며 살았다. 그러나 잠재력은 우연한 계기로 발견되곤 한다. 초등학교 4학년, 큰 개에게 쫓기고 난 이후였다. 미친 듯이 왈왈거리며 나에게 달려드는 내 키만 한—실제로는 그렇지 않았을 가능성이 크나 내 기억엔 정말로 그랬다—개를 피해 아파트 단지 한 바퀴를 돌았다. 그 이후 운동회에서 처음 도장을 받아왔다. 급기야 6학년이 되자 반 대표로 계주까지 나갔다. 엉뚱한 재능을 발견했지만 그 뒤로 뛸 기회가 별로 없었다. 대한민국 공교육 체육 시간에 여중 여고생이 땀 흘리는 기쁨을 알기란 지난한 일이기에.

20대 때는 뛸 만한 길을 끼고 산 적이 거의 없다. 물론 대학가에 살던 시절 의지가 있었다면 캠퍼스를 가로질러 뛰었어도 됐고, 한때 당산에 살아보기도 했지만 그곳이 걸어서 한강까지 갈 수 있는 거리임을 모르는 촌뜨기였다. 먼 길을 돌아 뛰는 인간이 된 지가 얼마 되지 않는다.

한동안 일터에서 부당한 미움을 흡수한 적이 있었다. 설명할 수 없는 굴욕감을 견딜 수 없는 날마다 밤에 한강을 찾아 지칠 때까지 달렸다. 숨 찰 때까지 몰아붙여야 겨우 숨 쉴 수 있었다. 울컥해도 눈물은 나오지 않았다. 송골송골 맺힌 땀이 흘러내렸다. 도보 15분 거리에 뛸 만한 길이 있어서, 그것도 강을 따라 하염없이 뛸 수 있어서 다행이었다. 무기력을 뚫고 몸을 일으켜 일단 나를 양화대교 밑에 떨구기만 하면 한 시간 뒤에는 반드시 기분이 나아졌다. 그 믿음을 가지고 스스로 나를 밖으로 내보내는 날들이 쌓이자 모멸의 기억을 지울 수는 없어도 다가오는 하루를 닥치는 대로 버텨낼 수는 있었다.

내 출발점은 양화대교 아래다. 거기에서 마포대교 방면으로 뛰다 보면 오른쪽에 여의도가 보인다. 야근자들이 불을 밝히는 빌딩 섬 사이 민머리 같은 국회의사당을 바라보며 달리다 보면 '나는 세련된 도시 여자다' 주문을 외며 발밑에 스프링 달린 듯 폴폴 뛰게 된다. 서강대교를 지나 마포대교 아래 정자에서 멈춘다. 바람 선선히 부는 날 그곳에 무릎 걸치고 누워 노래 몇 곡을 듣는 낭만으로 내 청춘의 어느 하루를

'카페 양화'의 피클맥주.
힘껏 한강을 달리고 나서 이 맥주를 마시며 휴가 첫날을 열었다.

추억할 것이다.

출발하기 전 내 마음이 어떻든 돌아올 때는 늘 가뿐하다. 집에 돌아올 땐 이름도 무시무시한 절두산(切頭山) 순교성지를 지나야 한다. 거기서 합정역 방면으로 내려가는 계단은 꼭 은하수를 내려다보는 것 같다. 하도 반짝거려서 보도블록에 유리 조각을 뿌려놓은 줄 알았는데 가까이서 보면 아무것도 없다. 그 광경이 사람 마음을 홀딱 빼놓는다. 마을버스 차고지도 지난다. 그곳엔 낡은 전신 거울이 붙어 있다. 나는 흘끔흘끔 눈치를 살피며 셀카를 찍는다. 그때 내 몸과 마음이 여느 때보다 생기 있게 느껴지기 때문이다. 결국 사진첩에는 땀범벅인 얼굴만 남아 있지만 말이다.

거기서 합정역까지 나가는 길엔 두 번의 시험을 거친다. 첫째는 '카페양화'의 피클맥주이고 둘째는 '챔프치킨'이다. 샛노란 튀김옷이 포슬포슬 붙은 크리스피 치킨보다는 통으로 튀겨내 찢어 먹는 시장 치킨에 가까운 닭을 파는 곳. 나무색 시트지 붙인 테이블 위로 잔 부딪히는 손님들을 창밖에서 보자면 너무 평범해서 오히려 요즘은 귀해진 저 동네 호프집에 섞여들고 싶어진다. 무엇보다 형광등 밑에서 닭 튀기는 분주한 손길에 시선이 머물고 가게 문틈으로 삐져나오는 냄새를 맞닥뜨리면 문학 시간에 배웠던 공감각적 심상이 바로 이 광경을 봤을 때 쓰는 표현임을 알게 된다. 허벅지 찌르며 그 길을 무사통과하면 미션 완료.

드디어 올해 나에게도 같이 뛸 동네 친구가 생겼다. 그 말인즉슨 혼자서는 그럭저럭 참아내던 '챔프치킨' 앞에서 "둘이 한 마리만 딱 먹고 갈까?" 하고 유혹할 만한 상대가 생겼다는 뜻이다. 뛰고 나면 의욕이 샘솟고 아이디어가 팡팡 튄다. 그 친구와 '딱 한 마리'에 '딱 맥주 한 잔' 하다가 문득 동네에서 글쓰기 모임을 만들어보자는 작당을 했다. 이제 와 고백하자면 같이 뛰며 나눴던 그의 얘기들을 글로 엮으면 얼마나 재밌을까 하는 저의가 있었다. 그는 흔쾌히 수락했고 하이 파이브를 하며 우리는 도원, 아니 챔프결의를 했다. 그리고 그다음 주부터인가 어벤져스처럼 동네 사람 하나둘 끌어모아 '쓰고 달리고'라는 모임을 만들었다. 달리다가 아이디어를 내서 쓰자고 한 것이니 그렇게 이름 붙였는데 달리기와 글쓰기 모두 치유의 기능이 있는 행위라는 공통점이 있었다.

2020년은 어떤 계획도 제대로 해내기 어려운 시기였지만 우리는 거의 빠지지 않고 주말 저녁마다 모여 글을 쓰고 읽었다. '이리카페', '더웨이커피', '나무의시간', '새검정', '허밍벨라', '서사당신의서재', '모티프커피', '스트라다로스터스', '레드플랜트', '리얼커피', '카페꼼마' 같은 합정과 망원, 상수동 일대 카페에서 주로 썼다. '상수리바' 같은 술집이나 '맨션나

인' 같은 비스트로에서도 썼다. 연희동으로 원정을 가 '책바'나 '카페153'에서도 썼고, 비 오는 날 망원 한강공원 정자에서 스마트폰 플래시에 의지해 각자의 글을 읽었다. 양평 북스테이 '산책하는고래'에서도 쓰고, 잤다. 사회적 거리 두기 단계가 올라가면 온라인 화상회의 플랫폼을 켜고 카메라 앞에서 썼다. 지금 이 글은 합정동 우리 집에서 같이 쓰고 있다. 그러다 가끔 번개로 만나 한강 산책을 하곤 했다. 양화대교에서 출발해 현석동 사는 멤버 집 앞 편의점에서 바나나맛우유 하나씩 얻어먹고 돌아왔다. 끊지 못한 얘깃거리들 때문에 같은 구간을 대여섯 번씩 왔다 갔다 했다. 산책하면서 나눈 수다들은 다음 주 글쓰기 비료가 됐다.

글쓰기 모임은 또 다른 한강이었다. 한강 가서 마음 풀어놓고 오듯이 글 쓰고 멤버들 앞에서 읽고 나면 마음이 가벼워졌다. 그 힘으로 또 일주일을 살아냈다. 뛰지 못하는 겨울날 한강 가는 대신 문장 안에서 팔짝거렸다.

사람들이 무언가 망한 징조를 감지할 때 '한강 간다(자살하러 간다)'고들 한다. 갈수록 감정을 표현하는 말이 과격해진다고 느낀다. 그보다는 한강에 가서 말하라. 쏟아내라. 그게 안 되면 종이 바닥에라도 풀어내보라고 권하고 싶다. 이왕 권하는 김에 시 한 편도 슬쩍 추천해본다.

강

당신이 얼마나 외로운지, 얼마나 괴로운지

미쳐버리고 싶은지 미쳐지지 않는지*

나한테 토로하지 말라

심장의 벌레에 대해 옷장의 나방에 대해

천장의 거미줄에 대해 터지는 복장에 대해

나한테 침도 피도 튀기지 말라

인생의 어깃장에 대해 저미는 애간장에 대해

빠개질 것 같은 머리에 대해 치사함에 대해

웃겼고, 웃기고, 웃길 몰골에 대해

차라리 강에 가서 말하라

당신이 직접

강에 가서 말하란 말이다

강가에서는 우리

눈도 마주치지 말자.

(황인숙, 《자명한 산책》, 문학과지성사, 2003)

* 이인성의 소설 제목 '미쳐버리고 싶은, 미쳐지지 않는'에서 차용.

‘한강 가자’는 낭만적인 말이
다소 과격한 뜻으로 풀이되는 시대를 살고 있다.

2장

동네살이의 기쁨과 잡음

이웃에 방해가 되지 않는 선에서*

과장된 표현임을 감안하더라도 생명을 가벼이 여기는 말은 안 쓰고 싶다. 하지만 꼭 써야 할 타이밍을 찾았다. 살인 충동. 이 말 외에 달리 표현할 길이 없다. 퉁퉁타 퉁타 타라라라라라, 퉁타 퉁타타 타라라라라 퉁. 서걱거리는 오리털 이불을 한쪽 다리로 감싸며 햇살에 절로 눈뜬 평화로운 주말 아침이었다. 더럽게 성실한 이웃집 드러머는 어김없이 오전 11시가 되자 드럼 스틱을 들었다.

대체 이 소음은 어디에서 오는 것인가 의구심을 가진 때로부터 벌써 2년째이다. 건물 지하에 있는 드럼 연습실이 문제였다. 진동은 3층에 있는 우리 집까지 직통으로 올라왔다.

* 밴드 '브로콜리 너마저'의 동명 노래 제목에서 차용.

소음이라기에는 크지 않은 소리이지만 딱따구리가 관자놀이를 콕콕 찌르는 듯한 불쾌한 음파다. 나는 그의 연습 레퍼토리를 다 외우게 되었다. 이쯤 되면 저자는 허구한 날 하루 열두 시간씩 드럼을 쳐대면서 실력이 왜 그대로인지도 궁금해진다. 그가 아니라 그들일지도 모른다. 본인이 연습도 하고 다른 이들을 가르치기도 하는 것 같았다.

나와 가장 불화하는 이웃은 물리적으로 가장 가까이 있다. 무더운 여름, 다른 사람과 살을 맞댈 때의 증오보다 더한 것이 소음 공해일지도 모르겠다. 방법을 써보지 않은 것은 아니다. 처음에는 연습실 운영이 생업일까 싶어 조심스럽게 부탁했다. 그도 미안해하며 "시끄러울 때마다 문자를 보내달라"며 연락처를 남겼다. 하지만 말뿐, 매일같이 시끄럽고 급기야 새벽 5시에 색소폰 소리에 잠을 깨는데 어쩌란 것인가.

며칠을 참다 한 번 문자메시지를 보내도 다음 날 되면 아침부터 자정이 넘을 때까지 벽을 타고 진동이 전해졌다. 통사정도 해봤다. 화도 내봤다. 어느 순간부터 그는 콧방귀도 뀌지 않았다. "제발 밤 8시 이후라도 자제해달라"고 하면 선심 쓰듯 "그러면 밤 11시까지만 칠게요"라고 했다.

참을 인(忍) 자 수백 번을 새긴 끝에 "선생님, 제발"이 "저기요, 좀!"이 되었다. 그는 "말투가 왜 이렇게 띠꺼워요?"라며 적반하장이었다. 여자에게 지적받는 것 자체를 못 참는 인간

같았다. 나중에는 답도 안 하고 전화도 안 받았다. 집주인을 통해 얘기해도 그때뿐이었다. 그 와중에도 부부 공동명의로 되어 있는 이 건물에서 아내가 전화하는 날은 아랑곳 않고, 남편이 전화하면 그나마 몇 시간은 잠잠한 게 우스웠다. 소음 신고도 해봤지만 그에게 공권력이란 문 빼꼼 열고 “아, 예예” 하면 그만인 힘이었다.

뻔뻔한 태도에 나만 약이 올랐다. 진심으로 이 세상에서 사라지기를 사주하고픈 인간이 생겼다. 나와 동거인은 그자를 어떻게 제거하면 좋을지 상상하며 집에 있는 시간을 견딘다. “나는 3박 4일 동안 그놈 머리통을 드럼 스틱으로 신나게 두드릴 거야.” “손에다가 드럼 스틱을 묶어놓고 북 치는 인형처럼 죽을 때까지 치게 하는 고문은 어떨까.”

그는 무개념한 행동으로 이웃을 고문하는 인간이었다. 공용 계단에 자기 집 택배 박스 쓰레기를 쌓아놓는가 하면 반려동물 관리를 어떻게 하는지 지하에서 고양이 배설물 냄새가 진동할 때도 있었다. 다른 이웃은 대체 어떻게 참는 것인가. 옆집 여자는 이미 한바탕하고 혀를 내둘렀다며 이사를 할 계획이라고 했다. 윗집 할머니는 “같이 사는 세상에 어쩔 수 없지요”라고 말씀하셨다. 그녀는 합정동의 성자(聖者)다. 나는? 동네의 무법자를 처단하는 정의의 사도를 자처해버렸다. 아니, 실은 나의 생활공간을 지키기 위한 처절한 투쟁에 나섰다.

글은 분노에 찼을 때 제일 잘 써진다. 일필휘지로 A4 용지 두 페이지짜리 내용증명을 썼다. 소음 측정기로 측정한 결과와 그간의 피해, 소음을 피하기 위한 나의 노력과 그것의 무용함을 일목요연하게 적고 "이웃 간에 원만한 방법을 찾고 싶으니 2주 내로 대책을 강구해 답변을 달라"고 했다. 그제야 그에게서 전화가 왔다. 여자가 말하는 건 딱딱거리는 것이고 법 따위 운운하며 문서라도 보내면 그제야 한 번 들어주는 겐가. 경멸이 일었다. 그는 대책은커녕 이렇게 항변했다. "요즘에 새벽에는 안 쳤잖아요."

상식의 기준이 본인에게 있는 인간이 제일 무서움을 절감했다. 저따위 인간에게 법이 무슨 소용일 것이며, 민사소송을 한다 한들 그 실익에 비해 개념 없는 인간을 상대하는 내 에너지 손실이 훨씬 클 것이 자명했다. 나는 자포자기가 되었다. 오늘 밤은 기분 좋게 잠들 수 있을까, 퇴근하고 집에서 책 읽고 싶은데 카페에 있다 갈까, 주말에 집에서 쉬어도 될까, 몇 시쯤 귀가해야 소음 고문을 최소화할 수 있을까…… 일상의 작은 결정들을 이웃집 드러머의 생활 패턴에 내주어야 했다.

그것은 좋아하는 취향마저 고역스럽게 만들었다. 재즈 연주를 듣다가 드럼 소리가 귀에 잡히자 감동이 와장창 깨져 버렸다. 이제 옆에서 누가 펜으로 책상을 콩콩 두드리기만 해도 심장이 두근거리고 신경이 곤두선다. 드러머는 꼴에 데이트를 하는 건지 크리스마스이브에는 조용했다. 나는 행복해하다가 금세 서러워졌다. 타인이 내 일상의 머리채를 붙들고 흔들어댈 때의 무력감이 층간 소음 고통의 본질이다. 이사를 꿈꾸기 시작했다. 만약 내가 저 드러머 때문에 이참에 집 사버리고 훗날 집값이 오른다면 드러머가 있는 합정동을 향해 큰절을 올리리라, 정신 승리하며 일방적인 전투는 막을 내렸다.

전염병 상황이 가라앉질 않으니 이번 설은 모이지 말자며 부모님이 명절 음식을 택배로 보냈다. 연휴에 집에 늘어져서 넷플릭스나 보고 감주 홀짝거리며 갈비 뜯고 싶다. '실로암 손만두'에서 만두 좀 사다 넣고 떡국 한 상 차려먹고 싶다. 그런 휴식을 위한 전제 조건은 드러머가 설에 연습실을 비우는 것이다. 설마 명절에도 쿵쿵타를 할 작정이냐고 물어볼 수도 있겠지만 이제는 그치와 말도 섞기 싫다. 나는 2박 3일간 머물 호텔을 예약하는 선택을 했다. 배달 음식으로 끼니 때우며 고요한 객실에서 피음(避音)하는 편이 엄마가 해준 정성스러운 음식으로 내 집에서 배 채우는 것보다야 낫겠다는 판단이 섰다.

그러고서 며칠 뒤 윗집 할머니가 아침부터 문을 두드렸다. 현관문을 열자 하얀 비숑 프리제가 따라 들어와 발밑에서 킁킁거렸다. 할머니는 집 앞 계단에서 발견했는데 이 집 개 아니냐고 물었다. 아니라고 하자 잠시 개를 보고 있으라며 집집

마다 문을 두드리기 시작했다. 그동안 나는 복슬복슬하고 애교 많은 강아지에게 폭 빠져버렸다. 알고 보니 지하 드럼 연습실에 사는 개였다. 그래, 비송 너는 오죽 힘들겠니. 나는 거의 해탈하는 심정이 되었다. 이제 드러머를 향한 내 작은 소망은 부디 새벽에만 두드리지 말고 개 간수나 잘 하라는 것뿐이다.

대나무 숲 빨래방

나는 이 글을 포유류 2종, 설치류 1종, 로봇 1종이 목욕재계 중인 공간에서 쓰고 있다. 내가 등지고 있는 세탁기에는 피글렛(돼지)과 피카츄(쥐), 도라에몽(로봇) 각각 한 마리와, 라이언(사자) 세 마리가 돌아가고 있다. 나는 동네 빨래방에 앉아 있다.

사회적 거리 두기 2.5단계. 공공장소에 나간 지가 어언 한 달 전이다. 내가 이 정도로 심각한 카페 중독자—카페인이 아니라—인지 몰랐다. 커피도 잘 안 마시는 편인 데다가 급하게 기사 쓸 때 들어가는 임시 사무실이 카페이기 때문에 오히려 쉴 땐 카페를 멀리하기 때문이다.

매장 내 취식이 금지된 요즘, 카페가 주는 효용을 뒤늦게 깨닫고 있다. 집에 온갖 차 브랜드를 구비하고 하루 두세 종류의 차를 우려먹지만 어쩐지 뜨거운 물에 티백 하나 달랑 넣어주는 카페에 가고 싶다. 백색소음 틈에서 책도 읽고 사람 구경도 하다가 배고프면 케이크 하나 시켜놓고 한두 시간쯤 멍 때리고 싶다. 평소 잘 찾지도 않는 스타벅스 가서 캐럴이나 맘껏 듣다 오고 싶다. 늦은 밤 한강 가서 걷다 들어오는 게 팬데믹 시국의 유일한 낙이었는데 이제 그마저도 허용되지 않는 가혹한 겨울 한복판에 있다.

집에만 있으니 침대에 딱 붙어버린 와식(臥式) 생활자가 되었다. 5분을 넘지 않는 유튜브 클립만 보다 보니 책 한 자는 커녕 90분짜리 영화 한 편 집중하기도 힘들다. 영화도 10분 남짓한 결말 포함, 스포주의 요약본을 본다. 햇빛도 쐴 겸 침대 위 봉제 인형들을 몽땅 싸 들고 라텍스 장갑 한 켤레 챙겨서 빨래방에 왔다.

주말 오후 무인 빨래방 한구석에 자리 잡고 뭔가 끄적거리는 여자가 있다면 그게 바로 나일 게다. 군대 간 애인과 통화할 때 쓰는 공중전화인 양 동전 열 개를 한 번에 건조기에 넣었다. 4분에 500원이니 40분 안에 초고 한 편을 쓰리라. 보부아르와 사르트르가 파리의 '카페 드 플로르'에서 글을 썼다면, 30년 뒤 잘 팔리는 작가가 된 유이영은 합정동 '오늘은 빨래'에서 초고를 쓰곤 했다고 전해주시라. 비록 원고는 지지부진하고 애꿎은 500원짜리 동전만 계속 추가한다 할지라도.

결국 오늘도 글러먹은 나는 아이패드를 덮고 빨래방 탐색에 나섰다. 이불을 한 보따리 싸온 커플은 게임기 앞에 앉아 데이트를 즐기다 나갔다. 백팩을 메고 온 남자는 그 안에서 수건들을 꺼내 건조기에 넣었다. 통일성 없는 색깔을 보니 사은품으로 받은 게 몇 장 끼어 있나 보다. 그는 수건을 하나씩 탁탁 털어 각 맞춰 개켜갔다. 면 40수 우리 집 수건에 미안해지는 장면이었다.

사람들은 대개 빨래를 넣어놓고 나갔다가 시간에 맞춰 돌아왔다. 아무도 없는 빨래방에서 부지런히 돌아가는 세탁기를 구경하며 한동안 생각을 비웠다. 잡지 거치대엔 '기다리는 동안 재미있게 보세요. 빨래방에 기부합니다'라는 쪽지가 붙어 있었지만 읽을거리가 많진 않았다. 그중 묶여 있는 세 권짜리 방명록을 집어 들었다. 가볍게 휙휙 넘기다가 정독하기 시작했다. 합정동의 미쉐린 가이드북이 여기 있었다. 광고성 후기가 넘쳐나는 마당에 빨래방 방명록에 있는 맛집 리스트는 꽤 신뢰도가 높았다. 누군가 열거한 맛집 리스트에 사람들이 화살표를 죽죽 긋고 '사장님 키 큰 훈남', '런치 1만 1천 원', '기절초풍할 정도의 맛은 아닌데 정갈함' 따위의 깨알 같은 팁을 덧달았다.

한 페이지에 걸쳐 빼곡하게 자기 얘기를 풀어놓은 한 여자의 사연에 눈길이 머물렀다. 연애 6년차, 서른을 앞둔 그녀는 남자친구 휴대폰에서 다른 여자와 주고받은 메시지를 발견했단다. 결정적 '증거'를 찾지는 못했지만 이미 믿음은 잃었고 헤어질 생각을 하자니 막막해진다는 내용. 친언니가 했을 법한 따뜻한 위로와 현실적인 조언이 종이 위에 차고 넘쳤다. 가장 맘에 든 문구는 이것이었다. "걱정하지 마, 이내 예쁜 꽃을 피울 테니까."

그녀는 여기 와서 어떤 심정으로 이걸 써 내려갔을까. 다시 들러 사람들의 응원을 잘 받아먹고 갔을까. 남자 친구와는 그 뒤로 어떻게 됐을까. 지금은 괜찮을까. 사람들은 빨래만 하러 여기 오는 게 아니었다. 빨래방은 룸메이트를 구하는 복덕방도 됐고, 피로를 풀 수 있는 안마의자도 갖춘 휴게실도 됐다가, 외로움을 슬며시 고백하고 가는 상담소도 됐다. 다들 묵묵히 제 빨랫감만 쳐다보다 가는 듯했는데 슬쩍 몇 줄 남기고 가는 사람들을 상상하니 웃음이 삐져나왔다.

어쩌면 카페보다 더 카페다운 공간이 여기가 아닐까. 동네 카페에서 친구와 얘기하는데 옆에서 노트북을 타닥거리던 이가 "대화는 밖에 나가서 하라"고 끼어든 적이 있다. 흡사 독서실 총무 같았다. 요즘 카페는 이런 '독서실형 카페'와 후딱 인스타그램에 올릴 사진만 찍고 일어나야 하는 '힙스터용 카페'로 양분된 모양새다. 골목마다 카페는 늘어나는데 조곤조곤 대화 나눌 수 있는 카페는 찾기 힘들어졌다.

무언가를 세탁하는 것과 내 속의 응어리를 게워내는 행위에는 왠지 상관관계가 있을 것 같다. 나쁜 얘기를 들으면 귀를 털어내는 시늉을 하듯이, 마음 구겨진 날엔 내일 입을 옷 다림질하면 조금은 후련해지듯이. 옛 아낙들이 방망이로 빨랫감 팡팡 때리고 서로 맞잡고 쥐어짜 물기 쪽 빼면서 뒷담화하면서 얼마나 통쾌했을까. 지난한 가사 노동 현장이었겠지만 속 풀리는 효과가 없진 않았을 테다. 경쾌한 방망이질 소리는 없지만 빨래방의 웅웅거리는 세탁기 소리가 묘한 안정감을 준다.

인형들을 꺼내려다 보니 누군가 떨구고 간 양말 한 짝이 보였다. 주워서 탈탈 털어 테이블 위에 올려두었다. 방명록을 펼쳤다.

빨래 돌리고 바깥 구경하는 것만으로도 기분 전환이 되는 날이네요. 외롭고 불안한 연말이지만 조금씩 온기 나누며 살아요. 이웃분들 미리 메리 크리스마스! ps. 주운 양말을 테이블 위에 올려놓았어요. 작은 분실물 보관함이 있어도 좋을 것 같습니다.

이제 더 동전을 넣지 않아도 될 만큼 물기가 완전히 말랐다. 인형들은 온기를 품은 채 뽀송뽀송해졌다. 지난주엔 운동화 여섯 켤레를 가져왔고, 오늘은 동침하는 인형들을 세탁했다. 다음 주에는 이 작은 사랑방에 어떤 빨랫감을 싸 들고 올까?

합정동 대나무 숲 역할을 톡톡히 하는
주말 오후의 빨래방.

외로움의 오아시스

눈 감았다 뜨면 주말이 코앞이다. 머릿속에선 일 생각이 관성처럼 굴러간다. 이를 씻어내는 나만의 의식은 주말 오전 그림을 그리러 가는 것이다. 몰입해서 손으로 뚝딱거리다 보면 어느새 휴식 모드로 정신이 폴짝 뛴다. 쉬기 위한 마음을 예열하는 시간이다.

'합정 예술가들의 모임'이라는 거창한 이름을 걸고 있는 '코코그림'은 볕 잘 드는 건물 3층에 있다. 8인용 직사각형 테이블에 둘러앉아 사람들은 말 한 마디 안 섞고 각자 세계에 빠져 있다. 공간 곳곳에는 회원들이 그린 그림들이 걸려 있다. 앞치마를 두르고 팔에 토시를 끼면 근사한 기분이 든다. 이젤 위에 캔버스를 올려놓고 물감을 차르륵 펼쳐놓는다. 무채색 평일을 뒤로하고 다채로운 주말이 펼쳐진다.

처음 그림을 시작할 때의 두려움이 기억난다. 선 하나 예쁘게 그었을 뿐인데 아라 선생님—이하 아라쌤—은 '우와' 하고 작은 박수를 쳤다. 머쓱하면서도 작은 자신감이 쌓였다. 그녀는 좋은 점을 발견하는 눈이 밝은 사람이다. 어릴 적 내 모습을 색연필로 그린 적이 있다. 사진과 똑같이 그리려고 아등바등하는 내게 다가와 그녀는 그림을 한참 들여다보더니 "이영 씨 어릴 적 입술이 삐죽 귀엽게 생겼네요!" 했다. 긴장이 풀리며 서걱거리는 색연필 소리를 즐길 수 있었다. 소심하게 종이 위를 오가던 색연필의 움직임이 대담해졌다. 그림에서 결점을 찾으려고 미간을 찌푸리고 있으면 아라쌤은 "멀리서 보면 그럴듯해요. 이거 봐요" 하며 몸을 죽 뒤로 뺀다. 정 그림에서 고쳐주고 싶은 부분이 있으면 "저라면 이런 걸 제안해볼게요"라고 말한다. 붓 갈 데 없는 내 손이 헤매고 있으면 가끔 "잘 보는 것도 공부가 돼요"라며 슬슬 종이 위에 터치를 하는데 그러면 마법처럼 그림에 생기가 돈다. 인증 숏 남기듯 찍는 나와 달리 사진 한 장도 소품을 요리조리 배치하며 연출을 더 하는 금손 아라쌤에게 나는 늘 동경심을 품고 있다.

제주도에서 찍어온 풍경 사진 따라 그림을 그렸다. 하늘과 바다를 둘로 분할해 색을 채워갔다. 하늘도 하늘색, 바다도 바다색. 옅은 푸른빛으로 슥슥 칠했다. 옆에서 보던 아라쌤이 말했다.

"이게 하늘이라고 생각하지 말고 자세히 보세요. 이렇게 범위를 좁혀서 보면 여기 하얀색이 있죠? 회색도 보이고 초록색도 있네요. 여기는 붉은색이고요. 하늘이 파랗다는 믿음을 잠깐 내려놓고 있는 그대로 관찰해보세요."

신기하게도 안 보이던 색들이 눈에 들어오기 시작했다. 하늘이 파랗다는 건 편견이었다. 몇 년 전 오징어먹물파스타를 먹으러 갔을 때 셰프가 이런 말을 한 게 떠올랐다.

"까만 파스타를 처음 드셔보는 분들은 짜장면 맛이 난다고들 하세요. 세상에 검은색 음식이 잘 없잖아요. 지금까지 먹어본 음식 중에 까만 건 짜장면뿐이었으니 뇌가 깜빡 속은 거예요. 그래서 처음 접하는 분들에게 눈을 감고 드셔보라고 권하기도 해요."

우리 눈은 얼마나 자주 관습에 속아 넘어가는가. 언제부턴가 나라는 그릇을 채우기보다는 내가 가진 자원들을 소진하면서만 사는 것 같았는데 가끔 이렇게 예상치 못한 깨달음이 찾아올 때 즐거움이 크다. 아무래도 인간은 알아가는 기쁨에 환희하는 존재인가 보다.

어느 지친 날이었다. "저 오늘 저녁 수업 가도 되나요?" 퇴근 30분 전 아라쌤에게 SOS를 쳤다. 충동적으로 술을 먹거나 충동적으로 쇼핑을 하거나 충동적으로 남자를 만나는 것보다야 충동적으로 미술 교실에 가는 일이 천배 만 배 남겠지.

스케치북을 펼쳤지만 좀체 몰입의 시간이 오지 않았다. 아라쌤은 아크릴물감이 든 선반을 들고 왔다. 색을 휘휘 섞고 물감을 캔버스에 흘려보내 모양을 만들어내는 플루이드 아트를 해보기로 했다. 구상한 색과 형태가 있었는데 완전히 딴판인 결과물이 나왔다. 계획대로 되는 일은 많지 않다. 우연히 섞이도록 내버려둔 물감이 만들어내는 오묘한 패턴을 보니 통쾌했다.

한때는 칭찬을 얻어먹으려고 '코코그림'에 갔던 것도 같다. 성인의 취미란 모름지기 칭찬받기 위한 여정이 아닌가 싶다. 나이 먹을수록 성취감을 느낄 만한 기회가 적다. 큰 성취를 위해선 항상 시험받는 기분이다. 평가받고 보완점을 피드백 받고 다시 평가의 도마 위에 오르고…… 일주일에 두 시간 정도는 집중해 손으로 만지작거리고 무용하고 작은 걸 창조해내는 기쁨을 취미의 영역에서 느낀다. 아라쌤의 '폭풍 칭찬'은 교수자로서 기술일 수도 있고 원래의 천성에 기인했을 수도 있다. 하지만 그림 하나를 온전히 나 혼자 힘으로 완성했을 때 같이 기뻐하던 표정을 보면 후자에 가깝다고 믿게 된다. 아라쌤은 그 그림을 스캔해 달력으로 만들어 선물해줬다.

모두가 서로에게 거리를 두던 2020년 그나마 '코코그림'에서 끼적이다 오면 숨통이 트였다. 다른 회원들과 별 얘기를 나누진 않지만 사람과 사람이 섞여 있는 풍경 자체가 그리웠다. 그 시절 '코코그림'은 외로움을 해갈하는 오아시스 역할을 톡톡히 했다.

아무리 바빠도 '코코그림'과 연을 이어가며 2년 넘게 출석 도장을 찍고 있다. 작년 말엔 회원들과 함께 전시를 준비했다. 그러나 결국 사회적 거리 두기 단계가 오르면서 전시 일정은 무기한 연기됐다. 멋있어 보여서 일단 하겠다고 손 들어 놓고는 후회했다. '내가 그림 잘 그려봤자 〈캐치마인드〉 레벨 높이는 데 말고는 써먹지도 못할 텐데' 하는 마음이 불쑥 올라왔다 수그러들었다.

주말마다 가서 3주 만에 꾸역꾸역 한 점을 완성했다. 매주 다른 회원들의 완성작이 쌓여갔다. 누가 돈 주는 일도 아니고 안 하면 그만인데 다들 이렇게 열성인 이유가 뭘까. 아무 보상도 없는 일을 자발적으로 하는 힘은 어디에서 오는 걸까. 다만 하나는 확실했다. 그 힘이 의무적이고 일상적인 평일들을 굴러가게 한다는 사실 말이다.

성인의 취미란 모름지기
칭찬받기 위한 여정이 아닐까.

그냥 한 마리야

프라이드치킨이 생각나는 밤이었다. 집 앞 호프집에 전화 주문을 해놓고 찾으러 갔다. 텀블러에 생맥주 500cc를 담아달라고 하고 치킨과 함께 받아들자 설렘이 차올랐다.

고소한 튀김 냄새가 올라오는 봉지를 열었다. 배달 주문이 많아서인지 배달 앱 광고가 찍힌 종이 박스에 포장돼 있었다. 박스엔 큰 글씨로 이렇게 쓰여 있었다.

'그냥 한 마리야~'

밤늦게 기름진 음식을 먹는 이들의 죄책감을 달래주기 위함이었을까. 그렇다면 실패한 마케팅이었다. 부사 '그냥'이 다른 차원의 죄책감을 한없이 자극했기 때문이다. '1인 1닭'이라는 말을 처음 들었을 때와 비슷한 폭력성이 느껴졌다. 우리가 아무리 혀끝의 쾌락을 위해 살생을 눈감으며 산다지만 생명에 대한 최소한의 존중은 있어야 하지 않나. 평생 좁은 사육장 안에서 주사 맞으며 길러지다가 도살장으로 끌려가는 비참한 종들의 삶을 '그냥 한 마리'라고 일축시켜버리는 단순함이 조금 소름 끼쳤다. 부사 '그냥'을 '무려'로 고쳐주고 싶다고 생각하다가 어쩔 도리 없이 닭다리를 들고 바삭 베어 물었다.

채식이 패션처럼 유행하는데 생명 하나의 값어치는 계속 떨어져가는 모순된 세상에 살고 있다. 이 동네는 이 시대 사람들의 변하는 생각을 잡아 상품화하는 가게들이 자주 보인다. 플라스틱 용기 없이 내용물만 파는 리필 스테이션이나, 폐자동차의 가죽 시트를 활용해 가방이나 지갑으로 만들어 파는 잡화점 등이 그렇다. 우후죽순 생겨나는 채식 식당들도 그중 하나이다. 주말에 장 보러 나갔다가 망원시장 앞 새로 생긴 비건 식당을 발견했다.

'띵크비건'. 비건을 생각한다는 간판을 내걸었는데 그 밑으로 닭꼬치, 만두 공방 간판이 한데 섞여 있었다. 출입구를 한참 찾았다. 냉장고 문짝을 열자 식당 내부가 나왔다. 닭꼬치 매대 뒤편으로 있는 비건 식당이라니 재밌네.

메뉴판 첫 장의 문구가 인상적이었다. '비건을 응원하고 지향하시는 많은 분들이 저희 매장에 머무는 시간 동안 환경과 건강, 동물과 공존할 수 있는 음식을 접해볼 수 있는 기회

새로 생긴 채식 식당.
닭꼬치집과 만두 공방이 한데 섞여 있는
간판이 아이러니하다.

가 되었으면 합니다'. 매장 내 비치된 물티슈나 행주, 화장실 비누까지 친환경 제품이라는 설명도 붙어 있었다. 메뉴판이 신기해 한참을 읽었다.

비건 반찬들도 무게에 따라 가격을 매겨 팔고 있었다. 비건맛포, 양념콩불구이, 채식맛살, 베지스테이크, 베지프랑크, 채식중화소스, 비건진미채, 채식만두, 프라이드치킨(?)까지 종류가 60가지가 넘었다. 비건 딱지만 붙으면 비싸지는 식당을 많이 보았는데 음식값이 합리적이라 더 마음에 들었다. 그만큼 비건 생활양식이 일상으로 들어오고 있다는 뜻일 테다. 1만 1천 원짜리 버섯두유크림 파스타를 시켜 먹었다.

내친김에 하루는 채식으로 채워볼까 하는 마음이 들었다. 주변에 채식하는 사람들이 많아지니 그 일상을 한 번쯤 경험해보고 싶었다. 한 친구가 일주일에 한 번 채식을 하고 식단을 인스타그램에 올리는 모습을 본 영향도 있었다. 저녁은 샐러드 가게에서 대체육인 언리미트를 시켜보았다. 질 낮은 고기를 씹는 느낌이었지만 식감 자체는 꽤 고기와 비슷했다. 공장식 축산의 잔학성을 알고도 인간이 육식을 계속하는 이유는, 그를 감수하고라도 끊지 못할 정도로 고기가 너무 맛있기 때문이라지 않던가. 여러 이유로 고기 맛은 알고 있으나 고기를 먹지 못하게 된 사람이라면 육식욕을 잠시 달래기에 나쁘지 않아 보였다. 안 먹으면 되지 굳이 가짜 고기까지 사먹을 필요가 있을까 하는 의구심이 걷혔다.

하루짜리 채식 생활이었지만 이 동네였기에 가벼운 마음으로 접근해볼 수 있었다. 새로 생기는 가게들에 눈길이 자꾸 쏠리는 이유다. 경험하다 보면 그게 또 내 생각의 전환을 촉발하기도 한다. 나도 일주일에 한 번쯤은 채식 식당을 순회하는 날로 정해보기로 했다. 대단한 신념이 있진 않지만 언제부턴가 우리가 너무 육식 과잉의 시대를 살고 있다는 문제의식은 갖고 있던 터였다. 무엇보다 '띵크비건'의 메뉴들을 한 번씩 다 먹어보고 싶었다. 일주일에 한 번 채식하는 사람이 일곱 명 모이면 한 명의 채식주의자를 만들어내는 것과 같지 않을까. 오랜만에 인스타그램에 식당 리뷰를 올렸다.

죄책감과 맛의 쾌락에서 갈팡질팡하던 내 육식 원칙도 또렷이 잡혔다. 첫째, 혼자 먹을 땐 채식 위주로 먹는다. 내 섭식을 위해 같이 먹는 상대에게 불편을 감수케 하는 담력이 내겐 부족함을 인정한다. 둘째, 고기가 당기는 날엔 즐겁게 먹는다. 다만 외식보다는 집에서 적당량을 구워먹는다. 마지막으로 SNS에 '육즙 촬촬 꼬기♡' 따위의 게시물을 올리지 않는다. 무엇을 먹느냐만큼 무엇을 권하느냐의 문제도 중요하다. 피 뚝뚝 떨어지는 남의 살점을 클로즈업해 찍어 올리고 찬양하는 문화가 미식의 영역으로 인정되는 게 언제부턴가 조금 거북스럽다. 이미 식탁에 오른 고기는 맛있게 감사히 먹되 그냥 한 마리라고 눙쳐버리는 일도 하지 않기로 한다. 육식 권하는 가게와 육식 없는 대안을 제안하는 가게 사이를 누비면서 정리된 생각이다.

건강장수 십계명

최근 몇 년간 감기를 앓은 적이 거의 없다. 나름 규칙적으로 운동하고 과음을 자제하며 하루 일곱 시간은 자려고 노력하고 영양제도 꼬박꼬박 챙겨 먹었다. 생활 습관을 바꾸자 면역력이 꽤 강해진 것 같다.

전혀 모르는 분야로 부서 이동을 하면서 평일엔 주경야독하고, 주말엔 원고 집필하느라 두어 달을 하루 너댓 시간씩밖에 못 잤다. 그 상황에서 스트레스 요인 하나가 생기자, 도미노 블록을 톡 건드린 것처럼 와르르 온몸이 무너져 내리는 느낌이다.

콧물에 재채기가 안 멈추길래 환절기 비염인 줄 알았다. 사흘째 되는 날부터 열이 나고 두드려 맞은 듯 근육통이 심해졌다. 겨울은 다 끝나가는데 아무리 껴입어도 이가 덜덜 떨렸다. 코로나19 진단 검사 결과가 나오기 전까지 병원도 못 가고 집에서 끙끙 앓았다.

이튿날 아침, 음성 통보를 받자마자 겨우 외투 하나 걸치고 집을 나섰다. 머리는 띵하고 한동안 병원 갈 일 없어 어디로 가야 하는지 고민하던 차에 장면 하나가 스쳤다. 영화 〈벌새〉에서 주인공 은희가 고막이 찢어져 찾은 병원. 그 외관을 어디서 많이 봤다 했는데 동네에서 지나친 건물이었다. 설마 저런 예스러운 간판을 아직도 달고 진료하는 병원이 있을까 싶어 처음엔 복고풍 카페 정도로 생각했다. 망원동에 병원을 개조한 카페가 있다고 들었기 때문이다. 영화를 보고 진짜 병원임을 알게 됐고 그곳이 궁금했지만 아플 기회(?)가 좀체 오지 않아 잊고 있었다. 좋아하는 영화에 등장한 적이 있는 데다가 영화 관련 기사에서 그 병원이 문 연 지도 족히 50년은 됐다는 내용을 읽었다. 집에서 가깝기까지 하니 아픈 김에 가보자는 생각이 들었다.

점심시간이 다 되어 도착했다. '접수'라고 쓰인 작은 창문을 드르륵 밀고 인적 사항을 적었다. 나무 의자에 앉아 대기하고 있으니 문 너머로 내 이름이 들렸다. 진료실 문을 열고 들어가자 80대는 되어 보이는 의사 할아버지—왠지 이렇게 부르고 싶다—가 맞아주셨다. 증상을 다 말하고 그가 묻기도 전에 "근데 코로나19는 아니에요, 아침에 음성 통보 받았거든요"라고 했다. 의사 할아버지는 여유 있는 웃음을 짓더니 "요즘 좀 피곤했어요?" 하고 물었다. "네. 많이요." 나는 수액 한 통만 놔달라고 덧붙였다. 그는 "다 맞으려면 한 시간 정도 걸리고 5만 원인데 괜찮아요?"라고 되물었다. 약값 걱정해주는 의사라니 오지랖이 싫지 않았다.

그는 주사실로 안내하더니 전기 매트를 켜고 금방 따뜻해질 거라며 이불을 내 턱 끝까지 덮어주고 나갔다. 어디 젊은 간호사라도 들어오겠거니 했는데 곧 수액과 바늘을 직접 들고 나타났다. 그가 혈관을 찾아 내 왼손을 한참 만졌는데 손이 거칠었다. 마스크 사이로 가쁜 숨을 쉬더니 "손만 움직이지 말아요, 불 꺼줄게요" 하고는 나가버렸다. 나는 왼손을 계란 쥔 듯 오므린 채로 오른손으론 업무 카톡에 답하기 시작했다.

10분쯤 지나자 몸이 데워지고 잠이 쏟아졌다. 진료실에서 나오는 정오 뉴스를 자장가 삼아 나도 모르게 깜빡 잠이 들었다. 스스로 코 고는 소리에 놀라 잠이 설핏 깼다. 다른 환자들이 진료받는 소리가 벽 너머로 다 들렸다. 주로 노인들 같았다. "대학 병원 갔더니만 소변검사만 하는데 한 시간 반을 앉혀놓고 8만 원을 받아요. 에이, 됐다고 동네 병원 간다고 하고 왔죠." "허허, 싱겁게 잡수시고……."

의사 할아버지는 환자 한 명 한 명에게 생활 수칙 하나씩을 일러주는 것 같았다. 내겐 "맘 편히 먹고 따뜻한 물을 자주 마셔라"고 했다. 우리 엄마가 말하면 안 들을 텐데 왠지 진료실에서 그 말을 들으니 꼭 지켜야만 할 것 같았다. 그래서 환자들에게 저렇게 빤한 소리를 하시는 건가?

이런저런 잡생각을 하면서 내가 누워 있는 주사실을 둘러봤다. 90년대에 유행했을 법한 나무색 의자, 궁서체로 쓰인 여러 상패들, 왠지 지인이 그려줬을 것 같은 그림들…… 과시하지 않고 세월을 드러내는 방이었다.

'건강장수 십계명'이 눈에 띄었다. 의사 할아버지가 환자들에게 일러주던 생활 수칙들이 거기 다 적혀 있었다. 대략 골고루 먹고, 흡연이나 과음은 삼가며, 식사 전후에는 늘 손을 깨끗이 씻자는 소리였다. 마지막엔 '새서울의원장 의학박사 윤○○'이라고 쓰여 있었다. 공중보건 개념이 희박하던 시절 보건소에서 배포하는 지침 같지만 따져보면 다 맞는 말이었다.

곱씹을수록 단순히 병에 걸리지 않는 걸 넘어 건강한 삶을 살기 위한 태도를 오래 고민한 수칙 같았다. 이를테면 이런 대목들. '부부 간에는 서로의 인격과 의견을 존중하고 칭찬은 자주 하면서 한 가지 이상 같은 취미 생활을 갖도록 합시다', '스트레스는 만병의 근원이니 주지도 받지도 말고, 넓은 마음으로 너그럽게 참으면서, 가족이나 친구 이웃들과 즐거운 모임을 자주 갖도록 합시다', '너무 과욕하지 말고, 분수에 맞는 생활로 후회 없도록 언제나 최선을 다하면서 즐겁게 생활합시다'.

십계명 끝엔 이 열 가지만이라도 실천하면 백세까지 건강하고 행복하게 살 수 있다고 쓰여 있었다. 지금껏 건강했단 건 내 자만이었다. 십계명 중 제대로 실천하는 수칙이라곤 건강검진 정기적으로 받고 손 잘 씻는 것밖에 없었다. 음식은 늘 허겁지겁 먹고 스트레스는 많이 받는 만큼 가끔 누군가에게 주기도 하는 것 같다. 요 근래 과로하고 많이 욕심냈다. 가족하고도, 친구나 이웃하고도 즐겁게 모인 때가 조금 아득하다. 십계명을 얼른 카메라에 담았다.

오래 병을 다루다 보면 환자의 몸 너머 삶이 보이는 걸까. 이 병원이 얼마나 오래됐고 원장님이 얼마나 훌륭한 경력을 쌓아왔는지 굳이 찾지 않아도 십계명에선 오래 한 가지 일에 매진한 사람이 가지는 통찰이 느껴졌다. 점심때인데도 의사 할아버지는 자리를 뜨지 않고 두어 번을 내가 괜찮은지 들여다보고 수액 양을 체크했다. 요즘 같은 때 코로나19 증상을 읊는 환자의 말을 거리끼는 기색 없이 들어줬던 마음이 새삼 감사했다.

누구나 아프고 또 회복하면서 살지만 병원이란 공간에선 마치 내 환부가 나라는 인간의 전부인 양 취급받곤 했다. 그래서 왕여드름 하나 짜러 피부과에 갔다가 의사가 반말로 이제 노화를 대비한 시술이 필요하고 어쩌고저쩌고해도 불쾌한 티도 못 냈다. 진료실에서 나는 처치가 필요한 피부를 가진 몸에 불과하기에.

작은 주사실에 한 시간 정도 누워 있으면서 이 병원이 친근하게 느껴지는 이유가 단순히 세월 묻은 풍경 때문만은 아니라고 생각했다. 아픈 몸을 지닌 사람이 아니라 병원 밖을 나서면 일상으로 다시 돌아가는 사람으로서 존중받는 기분이었다. 의사 할아버지는 가운 하나 안 걸쳐도 권위가 넘쳤다. 그가 움직이지 말라는 왼손을 한 시간째 꼭 쥐고 있었으니 말이다. 궁극의 전문성은 결국 인간에 대한 이해로 귀결되는 걸까.

수액을 마저 맞고 '콩청대'에서 뜨끈한 비지찌개 한 그릇을 먹었다. 속이 달궈지며 기력이 돌았다. 음식은 골고루, 알맞게, 제때에, 천천히, 꼭꼭 씹어서, 즐겁게. 십계명 중 하나를 실천했다.

'새서울의원'에서 진료를 기다리며.
영화 〈벌새〉에서 주인공 은희가 찾았던 그 병원이다.

월드컵로13길

누군가가 이 동네의 가장 활기찬 면모를 보고 싶다고 청하면 목요일 저녁 7시쯤 월드컵로13길을 데려가겠다. 망원역 2번 출구에서부터 망원시장 입구까지 3백여 미터가 이어지는 길이다. 시장보다는 시장까지 들어가는 이 길에서 나는 생활감을 더 짙게 느낀다. 망원시장은 몇 년 전 방송을 세게 타면서 투박한 기운이 옅어진 듯하다. 망원시장에 놀러 온 사람들은 월드컵로13길을 지날 수밖에 없을 텐데 그들에게는 시장 구경을 하기 전 설레는 마음을 달궈줄 것이다. 이 길에 있는 유명 베이커리 앞엔 젊은 사람들이 건물 밖까지 줄지어 서 있다. 그 풍경에 이른바 '시장 구루마'를 끌고 다니는 할머니들이 겹친다.

이 길을 발견하면서 장 보는 재미를 알게 되었다. 앞서 저녁 7시에 이곳에 와야 한다고 한 이유는 떨이를 파는 상인들의 조급함과, 거리를 지나는 손님들의 출출함이 딱 맞아 떨어지는 시간이기 때문이다. 저녁 8시에 가까워질수록 월드컵로13길에 있는 과일 가게, 채소 가게, 빵 가게, 생선 가게 물건들이 쪽쪽 빠져나간다. 행인들이 한 마리에 4천 원짜리 통닭을 파는 가게 앞으로 몰리며 비로소 나이대가 섞인다.

목요일을 찍은 이유는 주로 내가 그때 시장을 가기 때문이다. 주말 저녁엔 놀러온 사람들에 치이고, 주초에는 아직 가시지 않은 월요병 바이러스 때문에 퇴근하고는 손 하나 까딱하기 싫다. 주말에 밥 차려 먹을 생각하며 한 주가 마무리될 즈음 퇴근길에 들러 장을 본다.

외식하기 꺼려지던 2020년부터 월드컵로13길 가게들에 자주 가기 시작했다. 한동안은 인터넷으로 식재료를 시켰었는데 쌓여가는 포장 박스와 아이스 팩에 질려 버렸다. 무엇보다 식재료 가격이 대형 마트나 인터넷 쇼핑몰보다 말도 안 되게 저렴하고 양은 푸짐하다는 점이 매력적이다.

처음에 갈팡질팡했던 청과물점 두 곳이 있다. 상호명은 밝히지 않을 작정이니 하나는 '철수네', 다른 하나는 '영희네'라고 하자. 문 닫을 시간이 가까워지면 월드컵로13길은 상인들 목청으로 꽉 찬다. 철수네는 오빠와 아저씨 사이쯤 되는 상인들이 있다. 쩌렁쩌렁하고 가끔 능글맞은 영업 멘트로 물

품과 가격을 귀에 때려 박는다.

“자, 브로콜리-브로콜리 5백 원크!”, “자, 딸기 3천 원에 드리고워~”처럼 말끝에 발음 구조상 어색한 토씨를 하나씩 붙이는 특징이 있다. “만 원!” 하며 손뼉을 짝 칠 때도 있다. 그런데 무엇이 만 원인지는 말 안 해준다. 지나가는 사람이라면 물건을 한 번이라도 슬쩍 보게 되는 고급 상술이다.

여기에서 몇 걸음 떨어지지 않은 곳에 영희네가 있다. 망원역 쪽에서 걸어 들어오면 철수네가 먼저 있기 때문에 거기서 이것저것 산 뒤에 영희네에 들렀다가 천 원이라도 더 싼 물건을 보면 속이 쓰리다. 영희네엔 아주머니 몇 분이 계시는데, 가격이 얼마나 떨어졌는지 비교하는 멘트로 귀를 솔깃하게 한다. “딸기 떨이 4천 원–4천 원, 5천 원짜리가 4천 원” 하는 식이다. 개인화 전략도 쓴다. 그러다가 잠깐 눈길이 머무는 손님을 놓치지 않고 “이거 줄까요?” 하고 말을 붙인다.

얼마 지나지 않아 들여놓는 품목에도 조금씩 차이가 있음이 보였다. 철수네는 배추, 양파, 가지, 단호박, 상추, 청양고추 같은 기본 식재료 위주로 들여놓되 귤이나 사과처럼 잘 나가는 과일은 몇 박스씩 밖에 쌓아 놓아 박리다매로 판다. 영희네도 기본적인 품목들을 들여는 놓지만 샤인머스캣처럼 유행하는 과일을 전면 배치한다. 여기에서 무화과 한 박스를 샀는데 윗부분만 싱싱하고 밑에는 다 물러 터져 있었다. 그래도 철수네보다 물건들이 큼지막해 발길을 끊지는 않았다. 또 다른 날, 사람 머리통만 한 양배추를 영희네서 사 왔다. 겉이 지저분해 망설이고 있던 차에 "한 꺼풀만 벗겨내면 깨끗해요. 하나 담아줄까요?" 하고 영희네 아주머니가 양배추를 집어 들자 내뺄 도리가 없었다. 집에 와 양배추를 벗기니 잎이 다 시들어 있었다. 한 꺼풀 두 꺼풀 계속 벗겨내다 보니 겨우 조막만 한 부분만 남았다. 그 후 철수네로 마음이 기울었다.

집에 마침 소고기가 있어서 차돌된장찌개를 끓일 계획이었다. 철수네에서 표고버섯과 애호박, 감자를 샀다. 망원시장에 마저 들러 손두부를 살 참이었다. 가는 길에 영희네를 지나치는데 '진도 봄동 2천 원'이 발목을 잡았다. 종이 박스 위에 매직으로 크게 써 갈긴 가격표였다. 봄동은 진도산이 좋은 거구나, 그리고 봄이구나! 입맛이 확 돌았다. 냄비에 소고기 달달 볶다가 쌀뜨물 넣고 한소끔 끓인 후 집된장 풀고 애호박과 감자 송송 썰어 넣어서 푹 끓여낸 뒤 마지막에 봄동 넣고 숨이 죽을 때쯤 고춧가루 살살 뿌려 넣으면 얼마나 맛날까.

나는 속는 셈 치고 영희네에서 봄동 한 봉지를 샀다. 족히 50장은 나올 만한 양이었다. 이미 노트북과 각종 채소가 뒤섞여 있는 가방엔 여유 공간이 없었다. 봄동을 품에 안고 들어오는 길에 휴대폰을 오른 어깨와 귀 사이에 끼운 채 엄마에게 겉절이 무치는 방법을 물었다. 감자와 애호박 때문에 가방

멘 왼쪽 어깨가 끊어질 것 같았다. '나도 구루마 하나 장만하고 싶다'는 생각과 '봄동으로 겉절이도 하고 국도 끓여서 살뜰하게 먹어 치워야지' 하는 생각이 동시에 들었다.

도착하자마자 현관에 가방을 던지듯 내려놓고 냉장고를 채웠다. 야채 칸에 봄동이 한가득 있는 것만으로도 봄맞이를 다 한 기분이다. 어디 겨우살이만 있을까. 미세 먼지와 황사 때문에 요즘은 봄도 겨울 못지않게 혹독한 계절이 되었으니 봄살이를 위한 비책이 필요하다. 그건 월드컵로13길에 나가면 찾을 수 있다.

시장에 다니니 좌판에 깔린 품목에서 계절의 변화가 보인다.
봄동 2천 원어치를 품에 안고 왔다.

노브라 안전지대

지친 날의 전형적인 밤을 묘사하자면 이렇다. 자정이 다 된 시각, 택시에서 내린다. 현관문을 열고 씻을 힘도 없이 바닥에 그대로 뻗어버린다. 종아리는 딴딴하게 부어 바지를 벗으면 봉제선이 선명하게 새겨져 있다. 누운 채로 등만 슬쩍 들어 셔츠를 후루룩 벗어던지고 브래지어를 푸는 순간, 끄억 하고 신트름이 올라온다. 브래지어를 끌러야만 하루의 긴장이 풀린다.

날이 더워지면서 가슴 잔혹사가 또 시작됐다. 가슴골에 땀 맺히는 찝찝함을 여름마다 통과 의례로 치른 지가 20년이다. 겨울철 집 앞 마트 나갈 때는 대충 가리고 나가지만 한여름 흰 반팔 안 노브라는 상상하기 힘들었다.

그러나 최근 예상치도 못하게 '탈브라'를 체험하고 그 가뿐함에 나는 억울함부터 밀려왔다. 등이 빨갛게 붓고 발진이 돋으면서 옷감만 스쳐도 따가운 상태가 된 날이었다. 쓰라린 등에 몸을 배배 꼬며 브래지어를 겨우 차고 출근했지만 2시간도 채 되지 않아 가려움증을 참을 수 없는 지경이 되었다. 브래지어 후크 부분의 후끈거림이 특히 심했다.

화장실로 달려가 당장 브래지어를 벗고 동생이 챙겨준 누드 브라를 붙였다. 살갗에 끈적한 접착제가 닿는 촉감이 썩 유쾌하진 않았지만 회사에서 노브라로 있을 수는 없는 일이었다(고 생각했다). 문제는 하필이면 여름의 초입이었고 사무실 에어컨만 혼자 여름을 몰랐으며, 마스크까지 쓰니 체온이 급격히 올랐다는 점이다. 가만히 앉아만 있어도 땀이 줄줄 흘렀다. 누드 브라에 갇힌 가슴에도 땀이 송골거리는 찰나, 툭 하고 오른쪽 가슴 누드 브라가 떨어졌음을 느꼈다. 겨우 왼쪽 가슴에 의지한 채 셔츠 안 누드 브라가 달랑거렸다.

앞섶을 움켜잡고 화장실로 또 달려갔다. 브래지어를 다시 찰까 말까 고민하다 결국 모두 다 벗어재끼고 자리로 돌아왔다. 회의하다 셔츠 밑으로 누드 브라가 툭 떨어지는 불상사보다야 낫겠지, 어차피 다들 앉아서 모니터만 쳐다보고 있겠지 생각하며. 나도 모르게 돌아다닐 때마다 노트를 꼭 끌어안고 어깨를 움츠릴 수밖에 없었다. 그런데 그 상태로 몇 시간이 지나자 왠지 모를 통쾌함이 몰아쳤다. 저녁 먹고 들어와 일하면 더부룩하던 느낌이 그날만큼은 말끔했다.

나는 친구에게 노브라 근무의 장점을 예찬했다. 이런 걸 20년이나 차고 다녔다니, 그리고 이 산뜻함을 알게 된 몸이 앞으로도 어쩔 수 없이 갑옷처럼 브래지어를 두르고 다닐 생각을 하니 뒤늦게 복장이 터졌다. 한번 해방감을 맛보니 답답해서 못 해먹겠다는 생각이 불쑥 올라왔다.

'브래지어 제일 처음 만든 새끼 누구냐. 몇 대만 맞자. 내가 부라자 차고 다닌 날만큼.'

생생히 기억한다. 이차성징이 시작되고 브래지어라는 물건을 처음 찰 때의 모멸감을. 여자가 돼서 축하한다면서, 대체 이 우스꽝스러운 물건을 왜 싸매고 다녀야 하는지 그 나이에도 이해가 안 갔다. 이미 초등학교 4학년 때부터 젖멍울이 잡혔지만 나는 엄마가 사온 브래지어를 외면한 채 버티고 버텼다. 이차성징이 빨랐던 친구들 브래지어 끈을 잡아당기며 놀던 남자 아이들의 괴롭힘을 목도한 까닭도 컸다. 6학년이 되자 귤 하나 되는 크기로 가슴이 솟았고 스포츠 브라에 타협했다. 브래지어로 놀리는 아이들이 없는 여중에 들어가서는 흰색 여름 교복을 입으며 와이어 브래지어에 굴복했다. 브래지어가 비치지 않게 한여름에도 그 위에 흰색 나시를 덧대어 입고 다녔다. 고등학교 3년 내내 이따금 튀어나오는 와이어에 가슴팍을 찔리며 지냈고, 대학생이 되자 옷맵시를 살린다며

패드를 넣고 다니곤 했다. 감히 브래지어를 벗겠다는 발상은 하지 못한 채 20년이 흘렀다. 나도 모르게 익숙해져버렸고, 중력을 거스른다는 것 외에 어떠한 기능—이게 필요한 기능인지도 잘 모르겠다만—도 없는 21세기 코르셋을 매일 아침 스스로 채우게 되었다.

화장이 그러하듯 할 때는 모르지만 안 했을 때 비로소 고충이 명확해진다. 20년간 여러 브랜드를 전전했지만 어떤 브래지어도 편한 적 없었다고 단언할 수 있다. 온갖 제품을 다 써도 맞는 게 없다면, 그건 그 물건의 존재 가치를 의심해봐야 한다. 요즘에는 와이어가 없는 브라렛도 대중화됐고, 아예 브라 캡이 달린 티셔츠도 나온다. 대안은 될지언정 해결책은 될 수 없다. 굳이 옷을 한 겹 더 껴입는 갑갑함을 대체 왜 감수해야 하는지 근본적 의문은 풀리지 않는다. 특히 한 겹 더 덧댄 티셔츠는 유두를 숨기는 것 외에 다른 목적을 어찌 설명할 수 있을까. 여성의 몸에 유별나게 반응하는 사회 분위기가 바뀌지 않는 한 이런 기괴한 발명품은 계속 나올 것이다. 여성들도 조금 덜 불편해졌을 뿐인 상품들에 그럭저럭 만족하며 살겠지. 아무리 '인생 브라' 찾아봤자 노브라만 못하다.

그날 이후 내 가슴에 두 가지 방향에서 해방감을 주기로 했다. 첫째는 주말에 브래지어를 하지 않는 것이고, 둘째는 동네에서는 하지 않는 것이다. 여전히 공적인 자리에선 '탈브라' 하기 어려우니 이쯤에서 타협하기로 했다. 노브라 말고 탈브라라고 한 이유는 벗고 싶어도 벗을 수 없기 때문이다. 아무리 매일 아침 내 손으로 브래지어 차고 출근한다 해도 나는 그것이 내가 자발적으로 선택한 의복이라고 생각하지 않는다. 브래지어가 없는 상태는 그냥 옷을 하나 덜 입은 차원이 아니다. 사회의 암묵적 압박에서 벗어나려는 노력과 용기가 수반되기에 '탈브라'라고 불러야 마땅하다. 또 브래지어를 착용한 모습이 원래 상태임을 전제한 말이라는 점에서 '노브라'는 어폐가 있다.

처음에는 집 앞 편의점 갈 때 정도만 브래지어 없이 나갔다. 이제는 연희동이나 상수동까지도 그냥 나간다. 마스크를 외투처럼 걸치고 나가면서부터 화장을 하지 않기 시작했다. 민낯으로 나가는 곳과 브라 없이 나가는 곳은 TPO가 겹칠 때가 많다. 브래지어 없이, 화장 없이 활보하는 반경이 넓어질수록 내 자유의 영역도 확장된다. 어디까지가 동네인지 경계가 모호하다면, '브래지어 안 입고 다닐 수 있는 곳'이라고 말하겠다.

이 글을 쓰면서 두 가지 장면이 떠올랐다. 하나는 나의 탈브라를 성적 유혹으로 착각한 남자들에 대한 이야기다. 원래 모습 그대로 나갔을 뿐인데 "헉, 너 안에 아무것도 안 입었어?" 하고 붉어지던 얼굴, 아니 여러 얼굴들이 스쳤다. 덜 가까운 사람들은 내 가슴과 눈이 마주치고는 지레 민망해하거나, 눈요기처럼 뚫어지게 쳐다보기도 했다. 이러한 시선과 맞서야 하니 입어도 문제, 안 입어도 문제가 되어버리고 어쩐지 나는 무력한 기분이 든다.

다른 하나는 최근 참석한 모임이었다. 나는 그날 나를 포함해 그 자리에 있던 여성 세 명 모두 브래지어를 하지 않았음을 알아챘다. 서로가 알았을 테지만 딱히 이를 입에 올릴 이유도 없는, 자연스럽고 당연한 듯한 분위기에 나는 동지애를 느꼈다. 그 자리에 있는 남성들 또한 이에 대해 눈길을 주거나 언급하지 않았다. 그 무리 안에서 해방감과 편안함, 안전감을 느꼈다. 어떤 희망찬 미래에 뚝 떨어진 듯했다. 여성의 몸에 무심한 사회라면 이렇지 않을까 상상해봤는데 유쾌하면서도 아득한 기분이 들었다.

권태로운 월세살이

"나는 그녀가 싫어. 비뚤어진 치아도, 60년대 헤어스타일도, 우둘투둘한 무릎도, 목에 있는 바퀴벌레 모양 반점도, 말하기 전에 입술로 내는 소리도, 그녀의 목소리도 웃음소리도 싫어."

그런데 이 남자, 불과 5개월 전만 해도 목에 있는 그 반점을 하트 모양으로 봤었다. 말하기 전에 입술로 내는 소리는 그만 알고 있는, 여자 친구의 사랑스러운 습관 중 하나였다. 치열이나 머리 모양이 거슬리기는커녕 미소에 가려 보이지도 않았을 테다. 마음이 뜬 거다. 영화 〈500일의 썸머〉에 나오는 톰 얘기다.

내가 요즘 딱 그 짝이다. 톰의 말투를 빌리자면 이러하다. "나는 합정동이 싫어. 후줄근하게 정비 안 된 골목길도 죄다 똑같은 인테리어에 커피 맛은 내실 없는 카페도, 빌라촌 사이 우뚝 솟은 '메세나폴리스'도, 발정기 길고양이 울음소리도, 합정동의 냄새도 풍경도 싫어."

반년 전쯤만 해도 이랬을 거다. "나는 합정동이 좋아. 아기자기한 골목길도, 개성 있는 카페 구경하는 재미도, 끼니마다 뭘 먹을지 고민하게 만드는 맛집들도, 랜드마크 '메세나폴리스'도, 산책마다 만나는 길고양이도, 합정동의 모든 풍경들이 좋아."

나는 이 동네를 요즘 뜨고 싶다. 공교롭게도 동네 얘기를 책으로 내자고 출판사와 계약한 지 2주도 채 안 지난 시점이다. 온라인 플랫폼 '브런치'에 동네 얘기를 연재하면서 올린 첫 글의 제목은 〈자가(自家)가 아니어도 괜찮아〉였다. 그 마음이 '자가여야만 해!'로 바뀌기까지 한 해가 채 안 지났다. 그 와중에 브런치북 대상 받았다고 메인 화면에 일주일째 내 글이 걸려 있는데 이제 와 슬쩍 고칠 수도 없고 독자를 속이는 것만 같아 괴롭다.

밤마다 '호갱노노', '리브온', '아실' 같은 부동산 어플에서 헤엄치다가 잠든다. 호재 타령하는 댓글들을 보고 있자면 내가 동네 얘기 써봤자 여기 집도 없는데 남 좋은 일만 시키는 거 아닌가 하는 회의감까지 밀려온다. 동네에 대해 권태기가 온 이유, 합정과 망원에서는 자가를 살 수 없다는 현실을 확실하게 알게 됐기 때문이다.

내가 사는 이 집은 반전세이다. 월세면 월세지 반전세는 또 뭐람. 분명히 월세인데 전세라고 우기고 싶으니까 생긴 말 아닌가. 거대한 전월세 동네, 이곳이 싫다. 벗어나고 싶다. 사실 동네를 뜨고 싶은 게 아니다. 월세살이에서 벗어나고 싶다. 요즘만큼 내 집 없는 게 불안한 날이 없다. 아무리 봐도 서울에서 나의 주거 최소 기준—침실과 식사, 작업 공간이 명확하게 분리되어 있으며 도심에 30분 내로 닿을 수 있는—을 채우면서 '등기칠 수 있는' 아파트는 없다.

나는 나의 월세 생활에 진절머리가 난다. 5년 전 나, 오히려 2년마다 내가 살고 싶은 동네에 살 수 있어서 좋다고 생각했다. 2014년 어느 날 홍대 앞에서 본 집이 마음에 쏙 들어 마포구에 입성했다. 늘 새롭고 즐거운 자극이 동네에 뽑기처럼 숨어 있었다. 그러나 내가 살던 홍대 앞 그 집 건물은 상가로 바뀌었고, 나는 연남동으로 거처를 옮겼다. 그랬더니 연트럴파크(연남동+센트럴파크)니 뭐니 하면서 또 사람들이 몰리기 시작했다. 젊은이들의 트렌드가 가장 먼저 보이는 동네여서 좋았다.

직업적 통찰도 많이 얻었다. 동네에서 벌어지는 재밌는 현상들을 포착해 기사에 담아 의미를 부여하면 그게 또 트렌드가 되는 흐름이 신기해서 일도 한창 즐거웠다. 신문이나 잡지에 나오는 특이한 공간은 발 빠르게 가보곤 했다. 지금은 흔해진, 2030 세대가 자신의 나이나 하는 일을 굳이 밝히지 않고 취향이나 취미 중심으로 모이는 현상을 2016년에 취재한 적이 있다. '느슨한 모임' 정도로 이름 붙여서 기사를 썼는데 그때 간간히 동네에 보이는 모임에 직접 참여해본 경험에서 아이디어를 얻었다. 지금은 젊은 층에서 매우 흔해진 만남 방식 중 하나이다. 동네에 흩어진 얘깃거리를 주워 독자들에게 "이거 보래요. 요즘 젊은이들은 이렇게 놀고 이렇게 만나고 이런 거 먹고 다닌대요. 왜 그렇게요?" 하면서 공유하는 일이 재밌었다.

역시 2년 정도 살았던 연남동 그 집은 중국인 관광객을 위한 게스트하우스로 바뀌었다. 그러면서 지금의 합정동 집으로 오게 됐다. 농반진반으로 "젠트리피케이션 때문에 합정까지 떠내려왔다"고 말하지만, 어찌 보면 밀려서 온 게 합정과 망원 사이, 여전히 핫한 트렌드의 중심지다. 뜨내기들과 오랜 원주민이 섞여 있는 이 동네에 나는 완전히 마음을 붙였고 서울에 온 지 10년 만에야 어딘가 정착해 있다는 느낌을 받았다.

젠트리피케이션 때문에 이곳에 오게 된 것은 맞지만 이걸 또 농담으로 치부하는 이유는 충분히 집값 더 싸고 조용한 동네로 갈 수도 있었으나 재미와 편의성을 포기하기 어려웠기 때문이다. 월세살이 했기에 그런 생활환경을 포기하지 않을 수 있었는지도 모른다.

나는 이 동네를 이런 '월세 감성'을 빼놓고 얘기할 수 없다고 생각한다. 1인 가구가 많아서인지 배경은 제각각이지만 사람들이 대체로 다양성에 대한 수용도가 높다고 느낀다. 매일같이 지나치는 동네 수제 맥줏집은 '퀴어 프렌들리'를 표방한다. 애견 동반 비건 카페도 심심찮게 보인다. 나는 반려견을 키우지도 않고 비건도 아니지만, 그런 가게들이 많다는 건 그 지역의 개방성을 보여주기 좋은 지표라고 생각한다. 무엇보다 결혼하지 않은 30대 여성으로서의 정체성이 특별나게 취급되지 않는다. 그것만으로도 삶의 많은 피로감이 덜어진다. 1인 가구 생활양식이 주류가 되는 몇 안 되는 동네 중 하나이기 때문에 나는 이곳이 좋다.

한 동네 친구는 이곳에 사는 사람들은 대체로 트렌드에 관심이 많다는 가설을 냈다. 그렇지 않고서야 조금만 눈 돌려 다른 곳으로 터를 잡아도 되는데 굳이 합정과 망원에 딱 붙어서 높은 월세를 감당할 리 없다는 거다. 일리 있다고 본다.

하지만 동네를 벗어나서는 세입자로서의 위치를 인식하게 될 때 간혹 느꼈던 모멸감이 있다. 내 또래 유주택자와 함께 차를 타고 이동하는 중이었다. 한 남자가 무단횡단을 했다. 옆에 앉은 유주택자는 "저러니까 평생 월세나 살지, 쯧쯧"

이라고 했다. 나는 그에게 두 가지 질문을 던졌다. “나도 월세 사는데? 저 사람이 월세인지 아닌지 어떻게 알아?” 그는 당황해했다. 나는 그의 말을 꽤 오래 곱씹었다. 설명할 필요도 없이 잘못된 발언이었다. 하지만 얼굴이 붉어진 쪽은 나였다.

2020년 만난 가장 재수 없는 인간은 소개팅에 나온 남자였다. 그는 나의 주거 형태, 즉 아파트인지 빌라인지 오피스텔인지를 물었다. 그 집이 자가인지 전세인지 월세인지를 이어서 물었고 자리를 뜨기 직전까지 회사에서 육아휴직은 얼마나 쓸 수 있는지를 물었다. 얼떨결에 성실하게 대답했다. 내 앞에 앉은 남자가 면접관인지 순간 착각했나 보다. 나도 물론 그와 잘될 생각은커녕 들어가다 똥이나 밟아라 기원했지만 그 역시 나에게 딱히 연락은 없었다. 나는 그 이유가 괜히 내가 월세 살기 때문이 아닌가, 그래서 그의 면접을 통과하지 못했기 때문인가 하고 쓸데없이 자존심이 상했다. 월세 사는 나의 형편이 비루하게 느껴지는 나날들이 차곡차곡 쌓였다.

친구와 한강변을 걷고 들어오거나 귀갓길에 간만에 줄 없는 맛집에 들러 저녁을 먹고 들어오면 금세 ‘그래, 내가 여기 살기 잘했지’ 할지도 모른다. 그러나 한 달 넘게 이웃도 만나지 못하고 고립감만 쌓여가니 가끔 이렇게 내 안의 비참함이 증폭되곤 한다. 자가가 아니어도 동네에 정신적으로 뿌리내릴 수 있는 방법들을 알게 되었다고 기뻐했던 날들이 있었다. 지금은 자가를 얻는 것 외에 이 권태기에서 헤어 나올 방법이 잘 보이지 않는다. 이 동네 너무 좋다고 떠들어대는 게 정신 승리 같아서 초라해진다. '자기만의 집'만이 동네에 다시 마음 붙일 수 있게 하겠다는 생각에 푹 절어버리는 것이다.

알아서 비켜 가슈

요즘 동네를 걷다 보면 어렸을 때 하던 팩맨 게임 화면 속으로 들어온 기분이다. 나는야 입을 딱딱거리며 미로 같은 동네에 길을 트는 팩맨. 그러다 유령과 부딪히면 생명 하나가 줄어든다. 길목 딱 막고 알짱거리는 유령 같은 존재는 바로 전동 킥보드이다.

집에 들어오는 길, 인도 한가운데에 느닷없이 서 있던 킥보드에 무릎을 부딪힐 뻔했다. 느닷없는 장애물에 짜증이 솟았다. 누군가가 전동 킥보드를 보면 우뚝 서 있는 사람 같다던데, 그 말을 듣고부터는 손잡이가 마치 이런 표정처럼 보인다.

ㅡ.ㅡ

ㅣㅡ

그리고 이렇게 말하는 듯하다. "알아서 비켜 가슈."

불과 한두 해 사이에 동네 골목길 풍경이 사뭇 달라졌다. 어디를 가든 전동 킥보드가 발에 챈다. 지금 당장 합정역 지하철 아무 출구나 나가봐도 알 수 있다. 각 출구마다 전동 킥보드가 족히 스무 대씩은 늘어서 있다. 늘어서 있으면 다행이게, 쓰러져 있거나 가게 앞에 제멋대로 주차돼 점자 보도블록 한가운데 니은 자로 누워 있기 일쑤다. 처음엔 선두 업체로 보이는 민트색만 보이더니 요즘은 노란색, 보라색, 연두색 등등 업체도 다양해졌다. 이들은 정비 안 된 합정과 망원 사이 골목을 누비다가 아무렇게나 방치된다.

전봇대에 삐딱하게 기대어 서 있기도 하고 타인의 시선 따위 의식하지 않는 커플처럼 저들끼리 애틋하게 몸을 엉긴 채 공공장소를 점유한다. 고고하게 서서 일방적으로 보행자의 양보를 바라며, 스마트폰 보느라 고개 푹 숙이고 걷는 이들을 쏙쏙 골라 나자빠지게 골탕을 먹이곤 한다. 주차비도 월세도 비싼 이 도시 한구석을 떡하니 차지하고는 아무런 대가도 치르지 않으니 뻔뻔하기 짝이 없다.

이대로 가면 '낫 놓고 기역자도 모른다' 대신 '킥보드 놓고 니은자도 모른다'는 말이 통용될지도 모른다. 인구보다 자전거가 많아 자전거가 도시의 상징이 된 어떤 곳처럼 마포구 엠블럼에 전동 킥보드가 그려질지도 모른다.

물에 동동 뜬 기름처럼 동네 풍경에 점점이 배치된 이 우뚝 선 물체를 볼 때마다 기괴스럽다. 동네 친구는 킥보드가 외로워 보인다고도 했는데 아마 타인이 끼치는 민폐에 나보단 관대한 마음을 갖고 있는 사람일 게다. 킥보드가 거리에 나뒹구니 덩달아 오토바이도 아무 데나 세워도 가책을 못 느끼는 형국이다. 골목 사이를 헤집으며 다니는 킥보드처럼 오토바이도 이제는 인도 사이로 거침없이 달리는 풍조가 생겼다. 서로 꼴뚜기니 망둥어니 하고 있다. 여기만큼 두 바퀴 달린 탈것들이 기세등등한 동네도 찾기 어려울 테다.

아이디어는 좋았다. 자가용 없는 젊은 1인 가구 많은 이 동네에 전동 킥보드만큼 최적화된 교통 수단도 없을 것이다. 자전거를 타기엔 전용 도로가 제대로 갖춰져 있지도 않고 좁고 정비되지 않은 골목길도 많다. 유동 인구는 많은데 주차할 땅 찾기가 여간 어렵지 않다. 스마트폰 앱만 켜면 눈앞에 있는 킥보드를 바로 탈 수 있고 목적지에선 주차난 걱정 없이 아무 데나 세워놓으면 되니 얼마나 편리한가. 공유 경제라는 개념이 이 동네만큼 빠른 속도로 생활 깊숙이 들어온 곳이 있을까. 너무 잘 공유해서, 10대 남학생 셋이 서로를 열렬하게 안은 채 킥보드 하나를 타고 가는 광경도 보았다.

그래서 이게 모빌리티 혁명이냐고 묻는다면 치를 떨며 고개를 젓겠다. 무단 방치는 둘째 치고 자기 집 건물 안에 마이

카처럼 전동 킥보드를 꽁꽁 숨겨놓는 얌체가 천지니 공유라는 말이 무색하다. 전동 킥보드 업체들은 도시의 여백에 무임 승차하며 이득을 챙기고 있다. 도시 미관과 보행자 편의를 심각하게 해치는 이 민폐를 개선할 의지가 전혀 없어 보인다. 친환경 미래 교통이니 뭐니 홍보하는데 입이라도 다물었으면 좋겠다. 지자체도 이 신종 탈것들을 어쩌지 못하고 방관한다.

2020년 말부터 보도 중앙, 점자블록, 횡단보도 등 전동 킥보드 주정차 금지 구역 13곳이 지정됐다. 어차피 이용자들은 가뿐히 무시하는 규정일뿐더러 단속하는 꼴을 본 적도 없다. 그놈의 공유 경제 때문에 누가 불법 주정차했는지 가려내기도 쉽지 않을 테다.

안전한 주정차 구역을 정하지 않고 '안 되는 곳 빼고 다 된다'는 식의 면피 규정에 속이 터진다. 4차산업혁명 분야가 위축되지 않도록 규제 네거티브 방식을 적용한 결과인데 보행 약자가 포함된 대다수 거주민의 삶의 질을 떨어뜨리고 일부 이용자 편의와 민간 업체 이익에 복무하는 게 미래 산업이라면 차라리 소 끌고 밭이나 갈겠다.

길가에 색색깔로 늘어선 전동 킥보드.
'파워레인저' 대열이다.

월식합니다

자주 오가는 길목에 허름해 보이는 식당 하나가 있다. 그 식당의 존재를 의식해본 적은 없다. 누군가가 "거기 맛있다"고 하기 전까지. 궁서체로 '가정식 전문'이라고 쓰인 간판에 빛바랜 차양, 식당 밖에 쌓인 식재료와 집기들. 아주 비위생적이고 불친절하거나, 숨겨진 맛집 둘 중 하나일 테다. 전자일 경우 낭패감을 감수하기 싫어 눈길 주지 않았는데 추천을 받은 김에 도전해보기로 했다.

가게 앞 화이트보드에 그날의 메뉴가 적혀 있다. 처음 간 날엔 '김치찌개'라고 쓰여 있었다. '김치찌게'가 더 어울릴 법한, 대충 갈겨쓴 필체였다. 자리에 앉아 물 한 잔을 마시는 사이 내 앞에 은색 쟁반이 놓였다. 뚝배기에 담긴 찌개와 반찬 다섯 가지. 직원이 "계란 더 필요하시면 말씀해주세요" 했다.

이미 접시에 노른자는 두 개. 계란프라이가 무한으로 리필된단 소린가. 이미 두 개를 줘놓고는?! 오이소박이를 베어 물자 아삭함이 입 안에서 퍼졌다. 김자반을 슥슥 비벼 숟가락으로 푼 뒤 그 위에 콩나물무침을 올렸다. 샐러드—이 역시 '사라다'가 더 어울린다—는 일찌감치 다 비웠다. 그러고 보니 다른 손님들은 바지춤을 올리며 "3명이요" 하고 사람 수만 말하고 자리에 앉았다. 메뉴판 없는 그 식당에서 음식값도 모르는 채 한 끼를 남김없이 해치웠다. 결제하고 나오는데 문자메시지에 달랑 6천 원이 찍혀 있었다. 이 집 뭐지?

다음 날 점심때 또 갔다. 이날은 문 앞에 돈가스가 적혀 있었다. 난 전날보다 능숙하게 "혼자요" 하고 앉았다. 역시 1분 만에 쟁반이 내 앞에 놓였다. "돈가스 모자라면 말씀하세요"라는 말과 함께. 리필에는 규칙이 있었다. 손님들은 빈 접시를 들고 주방 앞으로 갔다. 이곳에서 더 이상 체면 차리지 않겠다. 나는 각각 돈가스와 머위나물무침을 비운 접시를 양손에 들고 주방 앞에 줄을 섰다. 앞사람 뒤통수 너머로 갓 튀긴 돈가스가 기름을 뚝뚝 흘리며 쌓여 있는 모습이 보였다. 주방 이모—왠지 이렇게 불러야 할 집이다—한 명이 돈가스를 하나 들어 올리더니 바로 내 접시 위에 놓고는 가위로 잘라주었다. 세 명이서 손발 착착 맞는 분업이 돋보였다. 그사이 다른 이모는 나물을 조물조물해 작은 그릇에 올려주었다. "아가씨가 이런 것도 잘 먹네." 손이 잰 와중에 눈썰미와 친절까지 갖춘 베테랑 이모였다. 참고로 이땐 이모가 한 번 더 나물을 올리기 전에 필히 "스톱!"을 외쳐야 한다.

리필받고 흡족한 맘으로 자리에 다시 앉았다. 합정역 인근에는 회사도 많다. 여기 사는 사람과 놀러 나온 사람 말고도 일하러 온 사람도 이 동네를 채운다. 나처럼 혼밥 하러 온 1인 가구 아니면 직장인 무리. 손님은 크게 두 부류였다. 헬멧을 채 벗지도 않고 들른 오토바이 배달원도 보였다.

동네에서 생활하거나 일하는 사람들의 끼니를 책임지는 식당들이 있다. 식당보단 밥집이라는 말이 어울린다. 별미보다는 매일을 굴러가게 할 에너지를 채우는 한 끼를 파는 집. 때로는 기계적으로 아무 생각 없이 입에 밀어 넣는 바로 그 밥을 먹이는 집.

망원에 있는 한 생선구이집도 그러하다. 이런 식당들은 오히려 주말엔 덜 붐빈다. 일요일 오후 2시쯤 느긋하게 자리를 잡고 9천 원짜리 고등어구이를 시켰다. 손님은 나 말고 멀찌감치 중년 남성 한 명이 앉아 있었다. 일하는 사람은 세 명인데 다들 손은 느릿느릿했다. 식당 한쪽에 있는 TV에 한눈이 팔려서였다. 나도 가방에서 안경을 꺼냈다. 해외 토픽을 소개하는 프로그램이 방영되고 있었다. 초콜릿 분쇄기에 빠진 스마트폰을 꺼내려다 몸이 빠져 그대로 갈려버린 공장 직원,

끓고 있는 훠궈에 손님이 빠뜨린 라이터를 건지려다 폭발이 일어나 뜨거운 국물을 뒤집어쓴 식당 종업원, 조카들과 숨바꼭질하다가 세탁기에 머리가 낀 미국인, 방검 조끼 성능을 실험한다고 이를 입고 직접 칼에 찔렸다가 피 본 기자…… 진위가 의심스러운 무시무시한 이야기들에 MC가 신나게 순위를 매기고 있었다. 나를 비롯해 식당 직원들, 저 멀리 앉은 아저씨까지 국가 비상사태를 지켜보듯 TV에서 눈을 떼지 못했다. 아무런 대화도 오가지 않았지만 그 순간만큼은 같은 밥상에 앉은 듯했다. 나도 모르게 평소와 달리 여유 있게 밥알을 씹으며 은근히 1위는 어떤 사건일까 눈과 귀가 쏠렸다.

그릇을 다 비우고도 자리를 한동안 뜨지 않고 애꿎은 숭늉만 계속 홀짝였다. 계산하고 나오려는데 TV에서 "요즘 많이 쓰는 손 소독제, 절대로 이걸 바르고 하지 말아야 할 일이 있다는데요" 내레이션이 흘러나왔다. 나는 공연히 출입문 앞에 붙은 거울 앞에서 서성였다. 머리를 매만지고 어쩌고 하다가 결국 뒷얘기를 못 보고 나와 버렸다.

나는 이 책에서 웬만하면 상호명을 밝혀 쓰고 있지만 앞의 두 밥집은 익명으로 남기련다. 구태여 이 동네에 놀러온 사람이 저런 밥집을 찾아갈 리 없으며, 이 동네에 살거나 여기로 출퇴근하는 이들은 글에 나온 단서들만으로도 어디인지 알아맞히는 재미가 있으리라 생각해서다. 정말로 궁금한 독자

께는 대신 비슷한 밥집을 발굴하는 팁을 드리겠다. 가게 문 앞에 '월식합니다' 적혀 있고 내부에 형광등이 달려 있다면 높은 확률로 나처럼 배 두드리며 밥집을 나설 수 있으실 게다.

북세권 거주자의 도서관 리뷰

인구 대비 서점 수가 가장 많은 동네라고 하면 모르긴 몰라도 이 동네가 손에 꼽히지 않을까. 골목마다 숨어 있는 작은 책방들을 발견하고, 또 거기서 추천받은 책을 사들고 오는 일이 이 동네 사는 큰 재미 중 하나이다. 시장조사를 핑계로 집에서 도보 3분 거리의 교보문고 합정점을 드나들다 보니 나도 VVIP(플래티넘) 등급이란 걸 가져보게 됐다. 합정역 6번 출구 앞엔 알라딘 중고 서점도 있다. 신간과 절판된 책, 빛 보지 못한 양서까지 모든 종류의 책에 대한 접근성이 매우 좋은 지적 요지, 이른바 북세권에 살고 있다.

일할 때는 책을 약처럼 사게 된다. 책값은 약값이니 하나도 안 아까웠다. 교보문고 포인트 쌓는 재미에, 집에는 읽지 않은 신간만 쌓여갔다. 그러다 일을 잠깐 쉬는 시기에 도서관에 다니기 시작했다. 동네 도서관들을 순회하며 쓸데없는 관찰력만 늘었다. 도보 20분 내로 갈 수 있는 공공 도서관이 네 군데나 된다.

이전에 살던 동네에서 가까웠던 '마포평생학습관'이 원래는 익숙했다. 높지 않은 건물인데 홍대 한복판에 있어, 가는 길이 참 번잡하다. 그래도 일단 한번 들어가면 섬같이 고요하다. 채광도 좋다. 지하에 수영장과 문화센터가 있기 때문에 학생만큼 주민들도 많이 이용한다. 독서실처럼 공부할 수 있는 열람실이 따로 있어 중고생 시험 기간마다 붐빈다.

'서강도서관'은 아담하다. 서강동 주민 센터 건물의 4, 5층을 쓰고 있는데 4층은 어린이 자료실이니 그나마 성인은 5층만 이용한다고 보면 된다. 별로 넓지 않아 노트북 좌석은 네 개뿐이다. 신기한 건 이 자리가 늘 차지는 않는다는 것이다. 그리고 다른 도서관에 비해 노인 비율이 압도적으로 높은 편이다. 신문 보기 경쟁이 치열하다. 나는 가끔 이 도서관에서 글을 쓰면 참 집중이 잘 됐다.

이 도서관은 연혁을 찾아보지 않아도 다른 도서관보다 그 역사가 오래됐음을 알아챌 수 있다. 절판된 책이나 다른 도서관에 없는 사회과학서가 보기 좋게 들어차 있다. 자료 조사하기 좋은 곳이다. 도서관에 들어가면 책이 왼쪽과 오른쪽 서가 양쪽으로 구분돼 있어 책을 찾기도 편하다. 그래서 책

하나를 찾으면 그와 연관된 다른 책들을 줄줄이 둘러볼 수 있다. 발췌독 하기에 적합하다.

마포구청 20층에 있는 '하늘도서관'은 애매하다. 일단 엘리베이터를 타고 20층까지 올라가는 데 시간이 오래 걸린다. 그리고 왔다 갔다 하는 사람들이 많다. 점심때 책 빌리러 오는 구청 직원들도 꽤 되는 듯하다. 회사와 같은 건물에 도서관이 있다는 건 최고의 직원 복지일 테다. 다른 동네 도서관에 비해 어수선한 편이다. DVD를 볼 수 있는 공간이나 노트북 좌석은 따로 없다. 뷰가 좋아 약간 카페 같은 느낌도 난다. 백색 소음이 필요할 때 찾기 좋다. 우리 집에서는 가장 가까운 도서관이므로 다른 도서관에 있는 책을 배달해주는 상호 대차 서비스를 이용할 때 가곤 한다.

합정으로 이사 온 지 얼마 지나지 않아 '마포중앙도서관'이 새로 생겼다. 하루 종일 지내도 지루하지 않은 곳이다. 도서관에선 카페처럼 잔잔한 음악이 나온다. 지하 1층엔 커피숍과 프레첼 가게, 김밥집 등이 있다. 유혹을 참기 쉽지 않다. 도서관은 3~4층인데 3층보다는 4층이 조용하고 사람도 덜 붐비는 편이다. 3층엔 음악 감상을 할 수 있는 자리가 따로 있고 DVD도 여럿이서 볼 수 있도록 큰 모니터를 구비해놓았다. 중앙도서관은 항상 사람이 많지만 그만큼 자리도 많다.

다만 이 도서관을 둘러보면 우리가 거대한 '시험 사회'에 살고 있음을 체감하게 된다. 일본어 능력 시험을 준비하는 은퇴자부터 학교 시험 공부하는 중고등학생, 무엇보다 공무원 시험 준비생이 참 많다. 그래서 가끔은 머리가 띵해진다. 도서관 전체에 정수기 물컵이 없다. 개인이 텀블러를 지참해야 한다. 나는 중앙도서관을 메인으로 잡고 가끔 서강도서관이나 하늘도서관에 가곤 했다.

중요한 건 휴관일이다. 한창 도서관에 드나들던 때 하늘도서관은 매주 월요일, 서강도서관은 화요일, 중앙도서관은 금요일—지금은 또 다르다—에 문을 닫았었다. 바보처럼 각 도서관 모두 한 번씩 휴관일에 가본 적이 있다. 그때의 허망함이란!

그러고 보니 도서관에 마지막으로 간 게 1년도 더 됐다. 확진자 추이에 따라 공공 도서관이 수시로 문을 열고 닫으니 전처럼 도서관 다니는 습관 들이기가 영 쉽지 않다. 서점 큐레이션이 날로 진화한다지만 '800은 문학, 600은 예술' 따위의 번호를 익혀가며 책 찾는 재미는 도서관에서만 즐길 수 있다. 코로나19로 잃은, 사소하지만 아쉬운 재미 중 하나이다.

음, 아, 큭큭

언제부턴가 친구들과의 대화 소재에서 남자와 살이 빠졌다. 어떤 선언이나 다짐이 있지는 않았다. 자연스럽게 익히게 된 삶의 기술에 가깝다. 팻토크—살을 소재로 한 대화—와 맨토크—남자와 결혼에 관한 대화—만 삼가도 그럭저럭 잘 굴러가는 내 삶에 불안이 끼어들 틈이 없다. "이런 남자 만나야 돼 혹은 피해야 돼", "어머, 왜 이리 핼쑥해졌어!", "나 요즘 살쪄서 죽겠어" 같은 대화가 하등 쓰잘머리 없음을 너도 알고 나도 알게 되었다.

때문에 가끔 어떤 이가 내 생김새나 이성 관계를 갖고 이러쿵저러쿵하면 골이 띵하다. 이를테면 이런 발화. "저는요, 혹시 물어보신다면 결혼하기를 추천해요. 그런데 몇 살이세요? 우와, 동안이시다. 그리고 엄청 마르셨어요!"

이렇게 속보이는 찬사(?)에 어떤 악의가 있으랴. 그런데 왜 다들 호의를 가지고 저런 똥을 입으로 내뱉곤 하는 것인가. 낯선 사이에서 얘깃거리가 빈약하기 때문일까. 나는 이런 얘기 말고 TMI(투 머치 인포메이션)가 좋다. 정서적 안정감은 주기적으로 신변잡기를 공유하는 누군가가 있다는 데서 나온다고 여긴다. 오늘 하루 어땠는지, 요즘 무슨 생각으로 사는지 얘기 나눌 사람의 존재는 중요하다.

동네 글쓰기 모임을 1년 조금 안 되게 꾸려오고 있다. 격렬하게 삶의 의미를 찾고 싶던, 인생 대노잼 시기를 항해하던 때였다. 남의 얘기를 쓸수록 내 얘기의 영토는 점점 좁아지는 게 아닌가 하는 조바심도 없지 않았다. 그러던 차에 한강에서 동네 친구와 러닝 후 치킨 뜯다가 작당해본 게 지금의 '쓰고 달리고' 모임이다. 그때만 해도 이 모임이 이렇게 오래 열정을 갖고 지속될지, 또 진짜로 책 낼 궁리까지 하게 될지 몰랐다.

우리는 한 주 동안 쌓인 글감을 주말 저녁에 같이 모여서 푼다. 규칙이나 벌금 따위도 없다. 무엇을 쓸지 얼마나 쓸지도 모두 자유다. 2시간 정도 각자 쓰는 시간을 가진 뒤 돌아가면서 자기 글을 낭독하는 방식이다. 글의 주제와 관련한 잡담을 10분 정도 나눈 후 다음 사람으로 넘어간다. 첨삭과 비평은 없다. 다만 이왕이면 그 글을 불특정 다수가 볼 수 있는 인터넷에 올리기를 권장한다.

모임은 폐쇄적인 듯하면서도 열려 있다. 친구들 중 글 써 보고 싶은 마음 있는 이들을 멤버로 데려왔다. 그 마음이 얼마나 소중하고 용기 있는지를 알기에 내 주변에 이런 마음이 보이는 이들을 잽싸게 게스트로 초청했다. 웬만하면 동네에 사는 이들로 꾸리려 했다. 규칙 없이 자발적 참여로 굴러가는 모임인 만큼 가는 길이 귀찮으면 안 된다고 생각하기 때문이다. 번역가, 교사, 타투이스트 지망생, 화가, 기자 등 하는 일도 다양했다. 모임이 끝난 후 그들의 표정에는 후련함이 비친다. 나 역시 집까지 폴폴거리는 마음으로 간다.

무엇보다 내 글을 소리 내어 읽을 때 독자들의 반응이 실시간으로 보인다는 건 정말로 진한 용기를 줬다. 어떤 대목에서 키득거리는지, 음…… 하고 생각에 잠기는지, 아하 하고 맞장구치는지, 고개 끄덕이는지 다 보인다. 그날 내 글의 킬링 포인트가 어디인지 온갖 비언어적 표현을 읽으며 알 수 있다. 돌려 읽는 방식에서는 느낄 수 없는 재미다. 읽어주는 사람이 있어서 쓸 수 있다는 말을 이때만큼 실감하는 순간이 없다.

나는 이걸 '음, 아, 크크의 글쓰기'라고 이름 붙였다. 기사라는 형식적 틀에 갇혀 있던 글들을 조금씩 풀어내기 시작했다. 해방된 글은 일기와 공적인 글의 중간쯤에 머문다. 열 개 쓰면 한두 개 정도만 겨우 인터넷에 발행한다. 아직 발행하지 못한 멤버도 있는데, 소수의 독자 앞에서 자기 글을 읽는 이 모임이 공적인 글쓰기로 나아가는 보조 바퀴가 되지 않을까 싶다.

남의 글을 읽으면서 내가 '음, 아, 큭큭' 하는 재미도 크다. 공교롭게도 글쓰기 모임 멤버들 모두 '딸, 딸, 아들'로 이뤄진 K-삼남매였다. 누나 둘을 둔 멤버가 읽은 문장을 오래 곱씹은 적이 있다. 그는 누나들의 삶은 막내아들인 자기에 비해 무척 고달픈 일이 많았다고, 큰누나는 장녀라는 이유로 자주 집안의 대소사를 떠맡아야 했다고, 내게 형이 아니라 누나들이 있어서 다행이라는 생각을 자주 한다고 했다. 당시 나는 K-장녀로서 느끼는 한국 가족제도의 부조리에 대해 분노에 찬 글들을 막 쏟아냈는데, 그가 쓴 글이 마치 나를 위로하기 위한 남동생의 답장처럼 느껴졌다.

한 멤버는 자신의 몸을 통과한 상실의 경험을 썼다. 나는 그의 오랜 친구이기도 했기에 그 사람이 그 사건을 얼마나 오래 마음속에 품고 있었고 자신의 언어로 정리하고 싶었는지 알고 있었다. 그가 느끼는 해방감이 고스란히 전해졌다. 감격스럽고 대견해서, 읽어주는 문장마다 함께 울었다.

쓰기 모임을 끌어오면서 자기 검열을 뛰어넘은 글이 지니는 가치에 대해 생각했다. 타인의 오독을 감수하고 어디까지 내 신념을 공개할 수 있는가, 그것이 기록으로 남고 미래의 내가 지금의 내 생각을 부정하는 위험을 어느 선까지 끌어안을 수 있는가. 그 범위가 넓어질수록 나는 자유로워진다. 쓰기 모임의 포용적인 분위기가 그 범위를 계속 확장시킨다. 너무 과격한 소재가 아닌가 갸우뚱하며 내 글을 읽던 차에 "이 정도도 말 못 하고 어떻게 살아요"라는 말을 들었을 때 자기 검열의 선을 가뿐히 뛰어넘은 기분이 들었다.

매주 글이 쌓일수록 내면 깊은 곳에 실뭉치처럼 뒤엉켜 굳어버린 이야기들에 가까워진다. 뼛속까지 내려가 쓰는 많은 작가들은 어쩌면 솔직한 성정을 지녔다기보다는 게워내고 또 게워내서 결국 안에 있는 이물질을 콜록하고 뱉어내는 게 아닐까. 나는 그 시점이 매우 빠르게 다가오고 있음을 쓰기 모임을 통해 느낀다. 언젠가는 '음, 아, 큭큭'을 잘하는 둘 셋의 독자를 앞에 두고 실뭉치를 풀어낼 수 있을 것 같다.

쓰게 하는 마음이 드는 것, 제 언어를 찾아 어떤 사건을 해석해내는 것, 다른 사람이 틀을 깨고 나오는 것을 보는 기쁨이 크다. 처음에는 자기 글 읽기 부끄러워 머뭇거리던 멤버가 이제 척척 글을 읽어나가는 걸 본다. 읽고 난 후의 우리 대화 소재는 TMI이다. 살에 대해 말하는 대신 내 몸을 압박하는 규율들에 대해 쓰고 말한다. 결혼할 남자에 대해 말하는 대신 사랑과 외로움, 관계에 대해 쓰고 말한다.

나는 쓰기 모임을 통해 전보다 덜 환멸하는 인간이 되었다. 혼자 썼다면 글에는 여전히 분노가 덕지덕지 묻어 있었을 테다. 한 주 동안 쌓인 얘기가 밖으로 토해지고 다른 사람의 얘깃거리가 내 마음을 드나들면서 염세주의적인 태도가 많이 희석됐다. 타인이 고백한 문장에 수백 번의 '음, 아, 큭큭'으로 감응하며 생긴 변화이다.

요즘 독서 모임이 여기저기 많이 생기는 것 같다. 한 단계 더 나아가 쓰기 모임이 동네마다 열리는 도시의 모습은 어떨까 상상해본다. 아마 나와 다른 연령대, 성별의 사람에게 공통 질문—외모, 나이, 결혼—부터 덜컥 던져버리기보다는 그 사람의 TMI를 궁금해하는 사람이 많아지지 않을까.

3장

동네 산책자

쌀국수 트럭

이 일을 오늘 다 끝낼 수 있을까? 하지만 해내고야 마는 날이 있다. 하루에 전화를 94통 했다. 귀에서 환청이 들릴 것 같아 세어보니 그랬다. 아침 7시 30분에 일어나서 밤 11시 30분에 퇴근할 때까지 한숨도 안 쉬고 일했다. 기사 두 개를 쓰고 주말 섹션용 메인 기사까지 미리 써놓은 날이었다. 점심은 대충 때우고 저녁은 걸렀다. 팩에 담긴 고구마 죽을 쪽쪽 빨며 키보드를 타닥타닥.

집으로 돌아가는 야근 택시에 몸이 실렸다. 어설프게 끝낸 일은 계속 머리에 맴돌았다. 어찌 읽어냈는지 기사님이 "일이 참 힘들죠?" 하고 말을 걸었다. 그때 나는 목적지를 바꿔야겠다고 생각했다. "YG 사옥 앞에 내려주세요." 이곳엔 일주일에 한 번씩 쌀국수 트럭이 온다. 자리는 여섯 개뿐. 밤

9시부터 이튿날 새벽 1시까지 영업하는데 재료가 떨어지면 그마저도 일찍 문을 닫는다. 카드는 안 받는다. 젊은 사장님이 합정과 망원, 상수 일대를 돌며 장사를 하는데 영업 개시 전 인스타그램에 오늘은 어디로 갈지를 공지한다.

자정이 조금 넘어 도착하니 평소와 다르게 바로 자리가 났다. 쌀국수가 맛있어서일까, 사장님이 반겨주셔서일까, 아니면 밤공기가 선선해서일까. 고수 듬뿍 넣은 쌀국수 국물을 한 숟갈 떠먹는데 울컥하던 감정이 '꿀떡' 하고 위장으로 내려갔다. 정신없이 한 그릇을 비웠다. 역시 위가 따뜻해져야 마음도 가라앉는다.

음식이 음식 이상의 의미를 가지는 순간들을 기억한다. 여기서 쌀국수를 먹다 보면 처음 보는 동네 주민들과, 사장님과 대화하는 게 어색하지 않다. 나는 이 쌀국수 트럭을 동네 친구 덕에 알게 됐고, 또 다른 동네 친구를 데리고 이 맛을 보여줬다. 대개 세대에서 세대로 전해지는 음식을 소울 푸드로 친다. 나는 이렇게 동시대 고만고만한 생활 반경에서 동네의 정취를 나누는 이 음식을 내 소울 푸드의 범주에 넣고 싶다.

(2021년 6월 현재 쌀국수 트럭은 없어졌다. 대신 사장님은 망원동에 쌀국수 가게를 열었다. 트럭에 옹기종기 모여 먹던 그 풍경을 기억하는 나 같은 이들을 그 식당에 가면 만날 수 있을까?)

합정과 망원 일대를 돌았던 쌀국수 트럭.
지금은 사라졌다.

식물 병원

식물에 감정을 처음 느낀 때를 기억한다. 사무실에 3년 가까이 방치했던 스투키를 집으로 데려왔다. 부서가 바뀌고 책상을 치우면서 발견했는데 아직 줄기가 푸르니 차마 버리지 못했다. 볕 드는 창가에 놓고 오랜만에 물을 주는데 글쎄 스투키가 쓰읍쓰읍 소리 내는 게 아닌가. 마른 흙이 물을 빨아들이는 소리였겠지만 내겐 그간의 무관심을 원망하면서도 게걸스럽게 밥을 먹어치우는 듯 들렸다. 그 후 '툭툭이' 이름표를 붙여주고 정성껏 길렀으나 영문 모르게 금방 죽고 말았다.

이후 식물 기르기는 영 적성이 아니라고 여기다가 지난해 여름 서울식물원에서 덜컥 관엽식물인 안수리움을 사왔다. 잎이 빳빳해 키우기 어렵지 않아 보였다. 지난해 말에는 크리스마스트리 대신, 그와 비슷하게 생긴 침엽수 비단삼나무를 들였다.

어느 날 보니 안수리움 꽃이 바싹 말라 있었다. 비단삼나무 잎도 마찬가지였다. 일주일에 한 번씩 물도 주고 바깥공기도 쐬어주었는데 속상했다.

반려식물이라는 말이 있으면 그를 위한 병원도 어딘가에 있지 않을까? 스마트폰을 몇 번 두드리니 정말로 식물 병원이, 그것도 합정동에 있었다. 이런 귀여운 발상을 실행에 옮기는 사람이 정말 있구나. 바로 진료 예약을 했다. 볕 잘 드는 8층에 위치한 이 병원에선 식물이 건강해질 때까지 장기 입원을 시킬 수도 있다고 한다.

비단삼나무부터 병상에 올랐다. 사장님—혹은 식물 전문의라고 해야 할까—이 뿌리를 보려고 화분을 엎으니 색이 갈색으로 변해 물러 있었다. 잎을 만지자 바스스 부서져 내렸다. 과습이었다. 지나친 관심이 독이었다.

“과습과 건조는 증상이 똑같아요. 건조하면 물을 끌어올리지 못해 잎이 마르고, 과습한 상태에선 뿌리에 물이 오래 머물러 위로 물을 공급하지 못해 역시 잎이 마르죠. 잎은 말라 있는데 흙이 젖어 있으면 과습이라고 볼 수 있어요. 사람도 매번 같은 시간에 똑같은 양의 물을 마셔야 한다면 몸이 버거울 수 있겠죠? 주기적으로 물을 줬겠지만 얘한테는 별 도움이 못

됐네요."

소생 불가 판정을 받았다.

고(故) 비삼이(2020.12.01.~2021.02.06.)

2020년 팍팍한 연말을 짧게 빛내고 잠들다

이어 안수리움 집도가 시작됐다. 사장님이 마른 꽃잎을 싹둑 잘라내었다. 알고 보니 그저 꽃이 졌을 뿐이었다. 그렇다고 따끔한 한마디를 피해갈 순 없었다.

"집이 가깝더라도 겨울에 이렇게 화분 그대로 들고 나오면 잠깐 사이에 냉해를 입을 수 있어요. 지금은 괜찮아 보이는데 따뜻한 곳으로 들어가면 잎이 녹아서 검은색으로 변하고 후드득 다 떨어질 수 있거든요."

중병으로 가는 과도기에 있는 환자에게 생활 습관 개선을 강조하며 가벼운 협박을 섞는 의료인이 겹쳐 보였다. 동시에 나는 '몰라서 미안해'라고 말할 수밖에 없는 초보 엄마가 된 기분이었다. 물 주는 방법부터 시작해 집의 생육 환경, 필요한 영양제까지 병원 온 김에 전문가에게 질문 세례를 퍼부었다. 그녀는 마지막으로 이런 조언을 했다.

"식물이 빛 없고 물 안 줘도 잘 큰다고 하는 건 그저 유지만 한다는 뜻이에요. 그런 말에 혹해서 식물을 덜컥 들이는 분들이 많지요. 빛을 보고 적당한 영양이 공급되면 더 예쁘게 잘 커요. 영양제를 조금 처방해드릴게요."

처방전을 받았다. '물은 커피 드립처럼 둥글리면서 천천히 주세요', '흰색 영양제를 일주일마다 잎과 줄기에 뿌려주세요'. 진료비 각 6천 원, 영양제 1만 원, 분갈이 2천 원. 30분 남짓한 치료에 총 2만 4천 원이 들었다. 비싼 감도 있었지만 식물이 의료보험에 들진 않았으니까.

사장님은 안수리움 잎이 얼지 않도록 신문지로 겹겹이 싸주셨다. 화분을 안고 오는 길에 다이소에 들러 분무기를 샀다. 식물 키우면서 집에 분무기도 하나 없었다니. 무지하고 준비되지 않은 사랑은 위험한 것임을 의외의 공간에서 배운 날이었다.

인생도처유덕후

애니메이션 영화 〈소울〉을 봤다. 주인공은 재즈 뮤지션. 재즈처럼 즉흥적으로 살고 싶었고 재즈도 듣고 싶어졌다. 그 길로 서교동 재즈 클럽 '재즈다'에 갔는데 문이 닫혀 있었다. 발 닿을 곳을 잃었다. 혼자인 금요일 밤을 어떻게 보내면 좋을까.

재즈다에서 모퉁이를 돌자 '종이잡지클럽'이라는 간판이 보였다. 그냥 잡지 클럽도 아니고 '종이' 잡지 클럽이라니 인쇄 매체 종사자로서 진한 동류의식이 올라왔다. 재즈 클럽 아니면 어때, 다 같은 클럽이지. 지하로 내려갔다. 내려가는 계단에 있는 창 너머로 천장까지 진열돼 있는 책자들이 보였다.

나 홀로 그 클럽을 들어가며 마치 보물선을 발견한 듯했다. 그달의 잡지를 몇 권 샀느냐로 한 달 치 수고로움을 가늠

해보곤 한다. 다음 달 신간이 나오는 20일 전후 날을 잡아 몇 권씩 몰아서 휘휘 넘긴다. 하지만 이를 굳이 말하고 다니진 않는데 잡지를 좋아하는 신문기자라고 하면 내가 봐도 너무 지루한 사람처럼 느껴지기 때문이다.

입을 떡 벌리고 두리번거리는 내게 주인장이 "어떤 잡지 좋아하세요?" 하고 물었다. 생전 처음 들어보는 질문이었다. 멋진 취향을 뽐내고 싶었는데 "종이 냄새 나는 거요"라고 말해버렸다. 이곳은 만화방처럼 입장료를 내고 잡지를 마음껏 구경할 수 있다.

거슬거슬한 질감의 종이가 가진 냄새는 신문지 콩기름 냄새보다 편안하다. 〈우먼카인드〉와 〈그린어반라이프〉, 〈나이이즘〉을 품에 안고 자리를 골랐다. 대충 그림만 살피며 슥슥 넘기고 있는데 주인장이 잡지 몇 권을 들고 자리로 돌아왔다.

"'카카오페이지'에서 만든 문학 잡지인데 읽을 만해요. 제목 폰트도 재밌죠?" ―〈언유주얼〉

"이건 '직방'에서 만든 잡지예요. 이렇게 각 챕터마다 인터뷰이가 어느 동네, 얼마짜리 몇 평 집에 사는지 프로필이 들어 있는 게 특이해요." ―〈디렉토리〉

"마지막으로 대학생들이 만든 건데 제목처럼 숨고 싶은 사람을 위한 사람을 위한 잡지예요. 허세가 없어서 좋더라고

요." ―〈하이드어웨이〉

우아, 가히 '인생도처유덕후(人生到處有-, 세상 어디에나 덕후가 있다)'라 할 수 있다. 이 거대한 보물선을 꾸린 선장다웠다. 최근 받은 책 추천 중에서 제일 맘에 들었다.

〈언유주얼〉은 오랜만에 본 읽을거리 많은 잡지였다. 좋아하는 최은영 작가의 글을 책이 아닌 조각으로 만날 때의 기쁨이란! 내가 가장 즐겨듣는 가수 ○○―그녀의 사생활을 지키기 위해 이름을 밝히지 않는다―이 아이를 낳았다는 소식도 육아를 주제로 한 그녀의 글이 실려 있었기에 알 수 있었다. 작년 공연에서도 딱히 티가 나지 않았으니 이 소식을 아는 팬은 많지 않겠지 하고 괜히 우쭐했다. 지면으로만 서비스되는 글의 가치는 이런 때 빛난다. 〈디렉토리〉를 보면서는 역시 '잡지는 콘셉트가 다 한다' 싶었다. 인터뷰이가 자기가 살고 있는 집 평면도와 같이 소개되는 형식이 참신했다. 고단백 저탄수화물 다이어트 레시피를 만드는 한 인터뷰이는 15평 다세대 빌라에 사는데 방 한 칸을 온전히 식료품에 내어주고 있었다. 어쩜 그렇게 다들 개성 있고 '잡지 속에 나오는 것 같은' 집들에 사는지 대리 만족감이 충만했다. 〈하이드어웨이〉는 이 잡지에 나올 만한 주변 사람을 추려보니 피식 웃음이 나왔다.

다른 사람은 대체 뭘 먹고 뭘 입고 뭐 하고 노는지 곁눈질하고 싶을 때 잡지를 본다. 다들 예쁘고 근사하다. 엄지로 인스타그램 피드를 죽죽 넘기는 느낌과는 다르다. 인스타그램에선 멋진 사진을 골라서 올리는 이도, 말을 덧붙이는 이도 본인이다. 나중에 보면 우스꽝스러운 자의식과잉으로 남기 십상이다. 잡지에서는 인터뷰어가 있으니 고아하게 자기를 드러낼 수 있는 완충장치가 있는 셈이다. 보는 이로서는 시기심이나 박탈감보다는 동경심이 든다. 잘 살고 싶은 욕구를 한껏 고양시킨다. 갖고 싶은 물건, 살고 싶은 집, 따라하고 싶은 휴일을 가장 최상의 상태로 박제해 가장 미니멀하게 소유할 수 있는 방법이 잡지 구독이다.

보물선은 나를 다양하고 깊은 취향의 세계로 실어 날랐다. '작가 덕질 아카이빙'이라고 이름 붙은 잡지 〈글리프〉를 보고 한참 웃었다. '정세랑 월드'라니 안 읽고 넘어갈 수 없지. 다음 소설을 기다리기까지 감질나는 마음을 달랠 수 있었다. 제주 지역 잡지 〈iiin〉 과월호를 뒤적거리며 그곳의 정취를 잠시나마 그리워했다.

눈길 닿는 곳마다 덕후가 있었다. 관심사를 갖고 정기적으로 한 권의 책을 만들어내는 일이란, 또 그걸 기다려주고 취향을 나누는 덕후 독자가 있다는 사실이란 얼마나 황홀한 일인가. 잡지를 좋아하는 이유를 하나 더 발견했다. 심취한 덕후를 구경하는 것만큼 행복한 일이 없다. 좋아하는 대상에 대한 애정이 듬뿍 묻어나오는 이 인쇄물을 보고 기분이 나빠질 리는 없는 것이다. 다시금 인생도처유덕후! 세상 곳곳에 덕후가 있다. 그리고 그 덕후 중 누구는 잡지를 만든다.

나도 언젠가 잡지를 만들어보고자 하는 꿈이 있다. 동네 얘기를 다룬 계간지를 만들어보고자 했는데 어쩌다 보니 책을 쓰고 있다. 로컬 잡지는 이제 좀 흔한 소재가 된 느낌도 있다. 그래도 그건 꼭 해보고 싶다. 지역 정서 꾹꾹 담은 로컬 잡지, 월간 〈청주〉 같은 거. 여행지로서 도시를 다루기보다는 거기서 살아가는 사람들 얘기를 캐내서 기록해놓고 싶다. 고향에 남은 친구에게 운을 띄워는 놨는데 아마 은퇴 후에야 심심하면 해볼 수 있으려나. 인물 잡지 〈장녀클럽〉도 만들어보고 싶다. 인터뷰이는 대한민국 출생 첫째 딸이어야만 한다. 세상의 모든 불편한 농담을 엮은 대화집 〈개소리 사전〉도 《만득이 시리즈》처럼 내보고 싶다. 귀찮음에 항상 굴복하는 나는 그저 공상만 한다. 또 다른 상상은 좋아하는 잡지마다 기고를 해서 내 글이 실린 잡지들로만 책장 한 면을 채우는 거다. 휴, 원고나 다 쓰고 얘기하자.

금요일 밤 보물선 같은 공간에서 다채로운 관심의 세계를 접했다. 처분이 곤란한 잡지들을 늘어놓고 찢고 자르고 풀칠해서 스케치북에 붙이고 싶어졌다.

보물선에서 빠져나오는데 계단에서 이런 문구를 발견했다. '요즘 시대에 잡지를 좋아하는 건 촌스러운 일이잖아요.' 나도 압니다. 아무렴 좋은 걸 어떡해요.

손미애 헤어

만약 내가 가게를 차릴 일이 생긴다면 내 이름을 걸고 '유이영 서점', '유이영 손만두', '유이영 요가교실' 같은 상호를 쓰겠다. '박용석 스시'나 '전세계 제분소', '최강금 돈까스'처럼 왠지 이름 석 자가 앞에 붙으면 전문적인 냄새가 난다. 자기 제품에 얼마나 자부가 있으면 저렇게 이름을 내걸었을까 싶은 거다. 애 이름을 내건 상호—주로 'OO이네'—에서는 그저 가게가 잘되고 가정 평안하길 바라는 부모 겸 사장의 희망이, 지역 이름을 내건 상호에서는 치열한 원조 경쟁이 느껴지는데 주인장 실명 내건 상호에선 가게 주인의 옹골진 고집이 느껴진다.

우리 집 들어가는 길목에는 '손미애 헤어'가 있다. 매일 아침저녁으로 지나치면서 가볼 생각은 못 했다. 그러다가 머리를 해야겠다고 자각한 순간부터 집에 나고들 때 그 가게를 그냥 지나치기가 어려워졌다. 원래 내 머리를 맡기던 미용사는 저 멀리 대치동으로 자리를 옮긴 터였다. 창밖으로 흘끔 보니 젊은 사람들은 거의 없고 주로 40대, 50대 손님이 많아 보였다. 인터넷에 미용실 후기 하나 없었다. 나는 직접 정찰에 나섰다. 들러서 앞머리만 한 번 맡겨보자는 심산이었다. 개성 없이 뽀글이 파마만 기계적으로 뽑는 미용실인지, 아니면 알려지지 않은 고수가 운영하는 곳인지 검증이 필요했다.

손미애 헤어에 들어가 "지금 앞머리 되나요?" 묻자 원장님은 와서 앉으라고 했다. 그는 내가 먼저 얘기하지 않아도 내 가르마가 머리 중앙에 있어 항상 앞머리 가운데가 붕 뜨는 걸 알아챘다. 거기서 이미 신뢰가 갔다. 간혹 이걸 모르고 반듯하게 앞머리를 잘라놓는 미용사가 있는데 그러면 나는 한 달간은 앞머리 가운데 부분이 더듬이처럼 솟아 쥐 파먹은 모양새로 다녀야 한다. 이곳에서 얼마나 계셨는지 물으니 10년이 다 되어간다고 했다. 원장님 한 분만 일해서 예약제로만 운영된다고 했다. 인터넷에 전화번호 공개도 안 되어 있다. 단골들이 많이 찾아 아는 사람만 전화해서 온다고 했다. 그 말을 들으니 안달이 나기 시작했다. 손미애 헤어의 권위가 올라가는 순간이었다.

그 뒤로 '아, 머리해야 하는데' 생각만 하다가 마침 별 계획 없는 주말 아침에 밖으로 나갔다. 우리 집에서 1분도 안 걸리는 거리. 나는 잠옷 바지에 대충 패딩을 걸치고 거지꼴로 미용실 문을 열었다. "혹시 오늘 머리할 수 있나요?" 원장님은 어떤 머리를 할 거냐고 했다. 거지꼴만 면해야겠다고 생각했지 어떤 스타일로 할지 별생각은 없었다. "그냥 원래 하던 대로 할 건데 전에 해주신 데서 머리에 뭘 했는지는 모르겠어요" 라고 했다. 원장님은 오후에 다시 오라며, 그때 원하는 머리 사진을 보여달라 했다.

심혈을 기울여 몇 개 사진을 캡처했다. 하나는 발랄한 느낌이 나는, 머리 아랫부분만 밖으로 삐죽 삐쳐 나온 단발이었다. 나머지는 내가 실패했던 예전 머리와 비슷한 사진들을 골랐다. 귀밑까지밖에 안 오는 머리에 안으로 들어가는 컬을 넣어서 흡사 정면에서 보면 삼각김밥 같은 모양의 머리들. 이걸 대여섯 장 골랐다.

약속한 오후 3시, 미용실 의자에 앉자마자 사진들을 보여주며 "이렇게 하고 싶은데, 이거 이거 이거처럼 삼각김밥 같은 머리는 피하고 싶어요"라고 했다. 원장님은 자신만만하게 "내가 처음에 S컬로 넣으란 이유가 안 그러면 삼각김밥처럼 되니까 그런 거예요. 짧은 머리에 C컬로 하면 삼각김밥 같아요. 삼각김밥은 안 예뻐요." 했다. 여러 번 삼각김밥을 강조했으니, 적어도 이렇게만은 하지 말라는 내 말을 반대로 알아듣는 불상사는 없겠지, 내심 안도했다.

원장님은 역시 능숙한 손길로 내게 가운을 입히고, 약물이 묻을 수 있으니 가게에 있는 일회용 마스크를 쓰라고 건넸다. 요즘 미용사들이 가장 먼저 익힐 신기술은 마스크 끈을 벗기지 않으면서 귀 주변에 있는 머리카락까지 빠짐없이 자르고 볶는 방법일 테다. 샴푸를 묻혀 두피를 박박 문지르던 원장님은 내 마스크 왼쪽을 살짝 푼 뒤 손으로 슬슬 문지르고 다시 원위치시켰다. 반대쪽도 마찬가지로 비는 곳 없이 깔끔하고 시원하게 머리를 감겼다.

나는 전문적 손길에 내 머리를 완전히 맡긴 채 밀린 일들을 하기 시작했다. 브런치 댓글에 답을 달고, 집에 떨어진 식재료를 새벽 배송으로 시켜놓았으며, 사놓고 안 읽은 전자책을 하나씩 독파해갔다. 원장님 하나에 의자는 세 개. 원장님은 손이 정말 빨랐다. 멀티태스킹의 화신이었다. 내 머리를 해주면서 손님 세 명을 동시에 더 받았다.

비록 갑자기 찾아온 남자 손님 머리를 바리깡으로 미느라 내가 조금 기다리긴 했지만 그 정도 여유는 내어줄 수 있었다. 잠깐 아이패드에서 눈을 떼니 주말 오후 미용실이 분주한 가운데 평화롭게 느껴졌다. 웅웅거리는 드라이기 소리 속에서 원장님 선곡이 쏙 마음에 들었다. 셀린 디옹이나 태미 와이넷, 로이 오비슨의 언젠가 한 번씩 들어본 올드팝이 흘러나왔다. 열펌 기계에서 뜨끈한 기운까지 쏘니 노곤노곤 잠이 쏟아졌다.

꾸벅꾸벅 졸다가 샴푸한다고 하면 일어나 의자에 눕고 다시 자리에 앉아 지루한 시간을 또 견디다 보니 벌써 원장님이 머리를 말리고 있었다. 나름 '헤어드라이어계의 샤넬'이라는 다이슨까지 들여놓은 트렌디한 미용실이었다. 너무 화려하지 않은 인테리어도 마음에 들었다. 오자마자 음료는 뭐 드시겠느냐며 메뉴판 들이미는 미용실들보다, 물 한 잔 안 권해도 본질인 머리에만 집중하는 간결한 서비스도 나에겐 잘 맞았다. 1인 미용실이라면 원장님과 나 단둘이라 대화를 이어가는 게 다소 부담스러웠겠지만 수시로 동네 아주머니 아저씨들이 들렀다 나가니 그 점도 나쁘지 않았다. 나는 머리가 무거운 느낌이 싫어 더 쳐내고 싶었는데 원장님은 "지금이 딱 예쁜 기장"이라고 했다. 손님 요구에 무조건 맞춰주는 것보다 전문가로서 자기 의견을 피력하고 설득하는 태도에 믿음이 갔다. 원장님이 뾰족한 손톱으로 얼굴을 삭삭 긁으며 몇 번 머리를 쥐었다 폈다 하니 삼각김밥도 아니고 내가 처음에 원했던 스타일도 아니지만 나름 변화를 준 것 같은 컬이 나와 있었다. 푸들 같은 느낌인데 마음에 들긴 했다. 원장님은 "머리 말릴 때 손가락을 이렇게 니은 자를 만들어서 양옆 머리를 뒤로 세 번 돌리세요"라고 손질 팁까지 알려주었다. 가격도 원래 다니던 곳보다 5만 원이나 싸니 정말 대만족이었다.

이대로 약속에 가면 좋으련만 애석하게도 그렇지 않은 날이었다. 집에 들어와 저녁을 간단히 먹고 밤에 있는 화상회의 모임에 접속했다. 그런데 이게 웬일인가. 화면 안에는 영락없는 인간 삼각김밥이 들어 있었다! 대체 무엇이 문제란 말인가. 손미애 원장님께 따져 묻고 싶었다. 지금이라도 나가서 물어볼 수 있을 것이다. 하지만 그러지 않기로 했다. 왜냐면 다른 곳도 아니고 '손미애 헤어'니까. 자기 이름 걸고 슥슥 재빨리 머리를 만지는 그 전문가를 내가 이겨낼 재간이 없는 게 분명하니까. 기분이 시무룩해졌다. 다음번에는 좀 더 짧은 주기로, 원래 머리를 맡기던 송이쌤이나 찾아가야겠다 다짐할 뿐이다. 역시 머리에서만큼은 구관이 명관이다. 그래서 있던 손님만으로 손미애 헤어가 지금까지 자리를 지켰나보다.

글 말미에 밝히자면 손미애 헤어는 합정과 망원 사이 어디에도 없다. 원장님에 대한 불만이 섞여 있으니 차마 가게 이름을 밝힐 수는 없고 그렇다고 A 미용실 따위로 쓰자니 이름 걸고 하는 분위기가 살지 않아 원장님 이름을 가명으로 옮겨 적었다. 다행히도 동네에는 이렇게 이름 걸고 'OOO 헤어' 상호를 쓰는 미용실이 내가 아는 곳만 최소 세 군데다. 고로, 독자들이 진짜 손미애 헤어가 어디인지는 내가 사는 집을 알지 않는 이상 찾아내긴 어려울 테다. 매우 희박한 가능성이지만 손미애 원장님이 이 글을 읽으면 자기 얘기라고 여길지도 모르겠다. 하지만 그렇게 자신만만한 전문가 포스를 뿜어내는 손미애 원장님이 이런 투정을 온전히 제 얘기로 받아들일 리 만무하다.

비록 삼각김밥을 한동안 쓰고 다닐 처지지만 나는 여전히 손미애 원장님이 베테랑일 거라는 믿음은 버리지 않았다. 한군데서 10년 가까이 단골로만 장사하는 게 어디 쉬운가. 다만 나처럼 단골의 문턱에서 엎어지는 손님이 가끔 있을 뿐이겠지.

운명의 순댓국

마흔 살의 유이영이 들으면 코웃음치겠지만 나이 들었음을 가장 체감할 때는 술 먹은 다음 날이다. 신나는 와중에도 내일 있을 숙취에 대비해 중간에 가방에서 술약 — 내가 이름 붙였다. 일본에서 공수한 한방 소화제인데 한 방에 속이 편해지고 이상하게 술도 깬다. 회식 자리에서 아끼는 동료에게만 슬며시 건넨다. 이 약은 음주 후 어지럼증, 복부팽만감, 구토감에 특효가 있으며 주저리주저리…… 너무 약장수 같으니 그만하자 — 을 하나 챙겨 먹는다. 술은 마시고 난 후가 더 중요하다고 설파하면 고개 끄덕이는 동년배들이 많아졌다.

음주 다음 날은 반드시 속을 채우는 습관도 생겼다. 이제는 그렇게 하지 않으면 반나절이 지나야 겨우 정신이 든다. 채운 것은 나의 위장인데 왜 머리가 맑아지는지 미스터리다. 오랜만에 술 약속 있는 날은 다음날 어떤 국물을 먹을지 설렌다. 진정한 페어링은 술과 안주, 그리고 다음 날 해장 음식까지 고려해야 한다.

국물 마시면 붓는다고 건더기만 건져 먹던 스물다섯 유이영은 없다. 저스트 원 텐미닛, 모든 국물이 내 것이 되는 시간. 깔끔한 술을 먹었다면 속을 묵직하게 눌러주는 국물을 먹는다. 사케 먹은 다음 날은 고기가 들어간 '옥동식' 곰탕이나 적당히 느끼한 '대한각' 백짬뽕이 당긴다. 회에 곁들여 청하나 소주를 마시고 난 후에는 '청주식당' 청국장이나 '콩청대' 콩비지찌개가 제격이다.

발효주 계열에는 맑은 국물이 어울린다. 막걸리에는 '덕오콩나물국밥'이나 '조박사복해장국', 와인에는 '만두란' 훈둔탕이나 '합정옥' 속대국—안주가 아니라 해장 메뉴 추천임을 다시금 강조한다—을 찾는 식이다. 맥주에는 위의 어떤 메뉴를 먹어도 무난하나 굳이 꼽자면 '담택' 유자시오라멘—이건 안주로도 좋다—을 추천한다.

오랜만에 고삐가 풀린 날이었다. 긴 휴일을 앞두고 축제를 벌였다. 정작 휴일에는 술병으로 몸져누웠다. 밥은 먹어야겠기에 일어났는데 벌써 밤 10시였다. 다시 전날 밤으로 돌아간 것 같았다. 밥 차릴 힘은 없고 멀리는 도저히 못 나가겠다. 가까운 '합정옥'부터 '대한각'을 찍고 길 건너 '청주식당'까지

원정 갔으나 모두 문을 닫았다. 전날의 주종이 무의미한 이런 날을 위한 해장 메뉴가 있다.

24시간 운영하는 '합정순대국'. 이곳은 내 해장의 역사가 시작된 곳이기도 하다. 전날 함께 마셨던 친구가 해장을 하자며 점심때 데려간 곳이었다. 유난스럽게 무슨 해장이냐, '바비브로스' 치즈버거나 먹겠다고 하는 내게 그는 "따뜻한 국물로 달래줘야 속 안 버린다"며 팔을 잡아끌었다. 순댓국도 오랜만에 먹는 음식인데 그가 먹는 방식은 더 생경했다. 뜨거운 밥공기를 맨손으로 잡아 몇 번 흔든 뒤 탁 내려놓고는 뚜껑 위에다 순대를 하나씩 꺼내 옮겨놓았다. 그러고는 국물에 새우젓을 풀었다. 그 모습이 쿨하고 어른스러워 보였다. 눈치껏 나도 뚜껑을 잽싸게 뒤집고 순대 몇 알을 옮겨 담았다. 그렇게 먹는 심오한 뜻을 물었다. 냉면은 가위로 잘라먹는 게 아니라는 둥의 '면스플레인' 같은 게 튀어나올 줄 알았다. 그는 이렇게 말했다. "뜨거워서 식혀 먹게."

그 후로 그곳은 늘 혼자 갔다. 해장은 고독한 식사이기 때문이다. 겨울 초입에 가을 옷 입고 나왔다가 하루 종일 덜덜 떨었다. 술 마신 다음 날도 아닌데 '합정순대국'이 떠올랐다. 국물에서 바로 건져낸 순대를 호호 불어서 입에 넣고는 뜨거운 기운 못 참고 오물오물하고 싶었다. 퇴근하고 가니 사람이 꽉 찼다. 사장님이 저어기 혼자 온 손님 앞에 앉으라고 했다. 잠시나마 순댓국집에서 합석하다가 운명의 상대를 만나는 상상을 해보았다. 콧물 훌쩍이며 오만 안면근육 다 써가며 입 안에서 순대 굴려 먹는 여자에 첫눈에 반할 이 있으려나. 내 앞엔 내 또래 여자가 왼손엔 스마트폰, 오른손에는 수저를 든 채 시선은 화면에 고정하고 있었다. 그래, 이게 현실적 그림이지. 조용히 순대나 건져 밥뚜껑에 옮겼다.

합정역 등대

예측 가능한 메뉴를 파는 엇비슷한 분위기의 프랜차이즈 카페일지라도 개성이 느껴지는 지점이 있다. '할리스커피 합정역점'이 그렇다. 이곳은 동합정과 서합정을 가르는 합정동의 또 다른 랜드마크이다. 서합정에 사는 나는 합정역 사거리 길을 건너 이곳 카페에 가면 다른 동네에 마실 가는 기분이 든다.

합정 할리스커피 앞은 만남의 장소이다. 러닝 모임을 하기 전 할리스커피 앞 벤치에서 만나 몸을 푼다. 3층에 앉아 햇살 받으며 바깥의 사람 구경, 차 구경하고 있으면 복잡한 도심에서 안온하게 보호받고 있는 느낌이 든다. 일요일 오후 합정 할리스커피에 앉아 있으면 소개팅하는 남녀의 대화에 쫑긋 귀가 쏠린다.

할리스커피 합정역점의 개성이 드러나는 때는 밤 10시 이후이다. 24시간 운영하는 이곳은 동네 올빼미족들의 심야 작업실이다. 기사 한번 잘 써보겠다고 밤새워서 작업할 열정과 체력이 받쳐주던 때가 있었다. 자정 다 돼서 노트북과 자료들을 바리바리 싸 들고 이곳으로 출근하곤 했다. 벌건 눈을 하고 모니터를 들여다보는 사람들이 자리를 채우기 시작한다. 두리번거리며 괜찮은 자리를 찜하려는 눈알들이 구른다. 하지만 나처럼 심야 노동을 하러 온 이들이 붐비다 보니 별수 없이 자리에 앉는다.

합정동의 밤을 밝히는 이들은 할리스커피 합정역점으로 모인다. 프리랜서 많은 동네여서인지 밤늦게 일하는 이들이 자주 보인다. 술 거나하게 마신 후 들어와 마저 남은 수다를 이어가는 무리들, 일하러 온 사람들, 그 틈에서 심야 데이트를 즐기는 커플들…… 대여섯 시가 되면 다들 첫차를 타러, 이른 아침을 먹으러 카페를 나선다. 카페인 들이켜며 지난밤을 함께 새운 동지들이다.

매번 비장한 마음으로 일거리를 싸 들고 와서는 커피 한 잔 마시고 케이크 하나 먹고 책상에 팔을 기대고 토막잠을 잤다가 해 뜨면 해장국 먹으러 가고는 했다. 일은 진척되지 않고 열심히 살았다는 느낌만 받고 가기 딱 좋다.

2021년 초, 한 달 넘게 동네가 을씨년스러웠다. 저녁 8시

밖에 안 됐는데 예전의 새벽 2시 풍경 같았다. 홍대입구역에서 합정역 방면으로 271번 버스를 타고 귀가하다가 그런 분위기의 상당한 지분이 불 꺼진 할리스커피에 있음을 알아차렸다. 2층과 3층 불이 완전히 꺼진 모습을 처음 보았다. 1층은 아마도 포장 손님을 위해 불을 켜놓은 듯했다. 밤 9시 이후 카페 영업이 중단되고 매장 내 취식이 금지되면서 합정역의 밤을 밝히는 등대가 꺼졌다.

영업시간이 좀 더 늘긴 했지만 여름이 다 될 때까지도 합정 할리스커피는 밤 10시 이후로 불이 켜지지 않고 있다. 그렇지 않았다면 이 책의 막바지 원고 대부분이 거기서 쓰였을 텐데. 같이 밤을 지새웠던 심야 일꾼들은 각자 집에서 외로이 일하고 있을지 모르겠다.

동네의 산책자

요즘 내 일상을 굴리는 큰 축 세 가지는 일, 집, 글이다. 평일에는 일한다. 기사 마감하고 뉴스 모니터링하고 취재원과 저녁 먹고 들어와 씻고 나면 자기 전까지 두어 시간이 주어진다. 대출이자 계산기를 돌리다가, 유튜브 인테리어 채널에 접속해 가구 배치를 끼적이다, 아무래도 이사 전에 쓸데없는 물건들을 다 버려야 할 것 같아 집을 뒤집어엎다 보면 금세 다음날 출근 걱정을 할 시간이 돼버린다.

누구랑 점심 먹었고 어떤 기사를 썼고 퇴근해서는 뭘 했는지 바로 떠올리기 힘들 정도로 하루가 휙 지나간다. 주말 이틀 중 하루는 녹초가 돼 뻗는다. 남은 하루는 책 읽고 글 쓰는 데 쓴다. 토요일만 빌려 쓸 수 있는 작업실을 하나 구해서 늦은 점심을 먹고 거기로 나간다. 집-회사-출입처-작업실을 오가며 아귀 딱딱 맞는 일상을 살고 있다. 겨우 3주 이렇게 살았는데 마음이 가쁘다.

토요일이니 기계적으로 책가방을 메고 나왔다. 아, 땡땡이치고 싶다. 버스를 타려다 걷기 시작했다. 작업실은 동교동 삼거리 근처. 목적지는 있었으나 내 발길은 내 생각만큼이나 갈피를 잡기 어려웠다. 머릿속에서는 아직 끝내지 못한 일들이 계속 돌아가고 있었다. 그러다가 오늘은 어떤 주제로 글을 쓸지 생각이 튀어 메모장에 황급히 옮겨 적었다. 그 와중에 집안 꼴이 떠올라 생각의 발목을 잡았다. 냉장고 안에 말캉해진 사과 버려야 되는데, 코트 드라이 맡겨야 되는데, 집에 샴푸 다 떨어졌는데…….

어쩌다 보니 합정역 5번 출구에서 오른쪽으로 방향을 틀어 서교동까지 왔다. '땡스북스'에 들러 신간이라도 구경할까 했는데 이미 지나쳤다. 영 멀어져 홍대 'KT&G 상상마당'까지 와버렸다. 내가 별로 좋아하지 않는 길 초입이다. 2014년에 이 근처에 살았었는데 집 들어가는 길이 항상 번잡했던 기억이 있다. 그런데 오늘 낮 인상이 그때와 완전히 딴판이었다. 사람도 하나 없고 익숙했던 가게들은 흔적조차 없었다. 막상 한산해진 거리를 보니 애달팠지만 이내 '미미네 떡볶이'를 보고 반가움이 살아났다. 옛 동네라고 하기에는 지금 살고 있는 집에서 걸어서 15분밖에 안 걸리는데도 굳이 와볼 생각은 안

해봤다.

나는 홍대 메인 거리를 따라 걷기 시작했다. 무엇이 남고 무엇이 변했는지 따져보느라 눈이 바빠졌다. 개그 공연 보라고 잡아끄는 사람도 없고 길가에서 담배 피우다 칵, 퉤하는 사람도 잘 보이지 않으니 산책이 즐거웠다. 여행 온 기분이 났다.

영화 〈비포 선라이즈〉에서 두 남녀 주인공은 도시 곳곳을 걷다 손금 봐주는 점쟁이를 만난다. 핑곗거리가 필요했는지 그 장면이 떠올랐고 나는 홍대 거리에 늘어선 사주 카페 중 한 군데에 들어갔다. 고개만 빼꼼 들이밀고 가격을 묻자 역술가(?)는 대꾸는 안 하고 들어와 앉으라고 손짓했다. 한참 뜸들이더니 2만 원이라고 했다. 나는 그게 진짜 가격인지 의심스러웠지만 어느새 그에게 생년월일을 불러주고 있었다.

속았다고 느낀 이유는 그가 인터넷으로 검색한 만세력을 종이에 적는데 한자를 거의 따라 그리고 있었기 때문이다. 그가 장시간 이것저것 설명했지만 나는 시큰둥했다. 그는 내 눈치를 보며 사주가 다 맞는 건 아니라고 말을 덧붙였다. 마지막으로 신년 운세를 봐주겠다며 뭔가를 또 따라 그리더니 나더러 올해 재물 운이 터진다고 했다. 내가 하는 일을 딱히 밝히지도 않았는데 말하거나 쓰는 일을 해야 잘 풀린다고 했다. 나는 충동적으로 들어온 것치고는 용한 사주 선생님을 만났다며, 비로소 엉덩이를 뗐다.

애초에 믿을 생각도 없었지만 부자 된다는 말을 듣고 발걸음이 가벼워진 건 어쩔 수 없었다. 어느새 일, 집, 글에 대한 생각은 사라졌다. 스무 살 때 달뜬 마음 안고 걸었던 그 거리를 10년도 더 지나 비슷한 마음으로 걷고 있었다. 홍대 거리는 스무 살 때 나처럼 많은 이들이 방문객으로서의 추억을 묻어둔 곳이겠구나. 촌뜨기로서 처음 이 거리를 걸을 때 느꼈던 묘한 위축감과 호기심이 떠올라 혼자 큭큭거렸다. 작업실까지 아주 단순한 경로로 도착했다. 상상마당에서부터는 골목 한 번 안 꺾고 죽 걸어왔으니 말이다.

작업실 앞 '탐스 칼국수'에서 오늘은 떡만둣국을 시켰다. 신년 사주도 보고 떡국도 챙겨 먹은 새해맞이의 날이다. 돈 들어오는 해라고 하니까 부추전도 추가하는 사치를 부려보았다. '디저브 커피'에서 크림플랫화이트까지 사들고 작업실 자리에 앉았다.

글 쓰는 여성들이 공동으로 쓰는 이 공간에는 작은 서가가 있다. 거기엔 다 내가 이미 읽은 책밖에 없다. 내가 다독을 했다기보다 서가를 채운 사람과 나의 책 취향이 잘 맞는 편이라는 게 사실에 더 가까울 것이다. 처음 보는 책이 눈에 들어왔다. 뉴욕 태생의 작가 로런 엘킨의 《도시를 걷는 여자들》(홍한별 옮김, 반비, 2020)이 그 책이라는 게 오늘의 또 다른 우연이었다.

엘킨은 여성이 거리로 나온 역사를 썼다. 도시에서 빈둥거리는 구경꾼을 가리키는 프랑스어 '플라뇌즈flâneuse'라는 명사는 남성형이다. 엘킨은 여성형 명사 '플라뇌르flâneur'를 만들어내고 본인을, 버지니아 울프를, 조르주 상드를, 아녜스 바르다를 그렇게 정의한다. 이들 말고도 많은 도시의 여성 산책자들이 있었다. 하지만 19세기만 해도 거리를 활보하는 여자들은 성 판매 여성으로 치부됐다고 한다.

책에 나오는 한 러시아 귀족 여성의 일기가 인상적이었다. 그녀는 혼자 집 밖으로 나갈 자유를 가장 부러워했다. 정원 벤치에 앉아 있다가, 가게에 진열된 물건들을 구경하고, 오랜 거리를 배회할 수 있어야만 위대한 예술가가 될 수 있다고 믿었다. 예술을 갈망하는 이에게 집 앞을 홀로 거니는 자유로움이란 얼마나 절실한 감각이었을까.

1백여 년 전 한 여자가 그토록 바란 자유를 나는 막 만끽하고 들어왔다. 그런데 또 책을 더 읽다 보니 그 여자나 나나 처지가 다르지도 않았던 적이 떠오르기 시작했다. 오늘 내가 걸은 거리는 안전하고 평화로웠다.

하지만 몇 년 전엔 친구와 홍대 거리를 걷는데 기다란 봉 끝에 휴대폰을 매단 남자가 갑자기 우리 옆으로 섰다. 그는 대뜸 "몇 살이세요?" 하고 말을 걸었는데 카메라에는 내 얼굴이 찍히고 있었다. 불쾌해서 인상을 팍 썼다. 한마디 하려는데 옆에 있는 친구가 친절히 "아니에요, 호호" 하면서 얼굴을 가렸다. 남자는 떠났고 나는 그 친구에게 공연히 화가 나 "넌 불쾌하지도 않니?" 하고 따졌다. 그녀는 뒤늦게 상황을 설명해줬다. 우리 둘의 얼굴이 인터넷 방송에 생중계되고 있었다고, 거기에서 화내거나 까칠하게 굴면 채팅창에 온갖 외모 비하와 성희롱이 실시간으로 쏟아진다고, 누가 화면 캡처해서 애먼 데 퍼다 나를지 어떻게 아느냐고. 나는 나를 둘러싼 공간에 진한 환멸을 느꼈다.

오스트레일리아 퍼스에 출장 간 첫날엔 숙소에 짐 풀고 주변 지리를 익히기 위해 밖으로 나왔다. 대낮 번화가를 걷고 있는데 뒤따라오는 남자 둘이서 정확한 뜻은 알아들을 수 없지만 명확하게 그것이 성적 모욕임은 알아차릴 수 있는 영어를 쏟아냈다. 극서 지역에 위치해 외딴 섬 같은 도시에서 나와 비슷한 젊은 아시안 여성을 단 한 명도 마주치지 못했다. 호텔방에 들어와 무섭고 빡치고 서러워서 엉엉 울었다. 내가 영어를 잘했어도 혼자 걷는 20대 아시안 여성으로서는 그 상황을 피하기 어려웠을 테고 여전히 나는 홀로 울었겠지.

달달한 커피를 홀짝이며 산뜻한 기분으로 자리에 앉았다가 조금 울적해졌다. 오늘의 산책이 당연하지 않았던 순간들이 있음을 알아차려버렸다. 그래도 마포구 플라뇌르인 나는 계속 나의 산책 코스를 넓혀가고 있으니 고무적이라고 해야 하나.

합정에서 동교동 삼거리까지는 내 걸음으로 30분 정도 걸린다. 원래는 버스를 타던 거리였는데 오늘은 걸어서 오는데 성공했다. 나는 이제 산책 삼아 합정에서 서교동을 지나 동교동까지 올 수 있는 동네 산책자이다. 내가 걸어서 닿을 수 있는 동네의 범위가 넓어질수록 그 거리도 가깝게 느껴진다. 불쾌한 일 없이 무사히 목적지까지 오가는 행운을 자주 겪을수록 나는 자유로워진다. 그래서 내 의식을 산책하는 듯한 이 글의 결말은? 집에 갈 때도 걸어가자는 얘기다.

골목 무법자에게 고함

기분 좋게 퇴근하고 집에 들어가는 길이었다. 순간 '부아아앙' 하는 굉음과 함께 내 옆을 오토바이 한 대가 스치고 지나갔다. 인도(人道)였다. 뒤에서 오다가 방향을 휙 꺾어 나를 제치고 벌써 저만큼 가버렸다. 2~3초 후에야 어떤 일이 있었는지 알아차리고 가슴을 쓸어내렸다.

그 오토바이는 집 앞 피시방에 들어갔다 나왔다. 그 시간이 채 10초가 안 됐다. 배달 대행 기사인 듯 했다. '아니, 지나가다 애라도 다치면 어쩌려고…… 내 인도의 무법자를 반드시 처단하리!'

나는 음식을 배달하고 나오는 오토바이를 기다렸다. 역시 그는 인도와 차도의 구분 따위는 무의미하다는 듯 인도 위 사람들을 요리조리 비집고 빠져나갔다. 휴대폰을 켰지만 영상을 제대로 찍지 못했다. 차 번호만 재빠르게 메모했다.

집에 들어와 경찰청의 '목격자를 찾습니다' 앱을 깔았다. 영상을 찍지는 못했지만 발생 시각과 정황, 차 번호를 상세히 적어 교통법규 위반 신고를 했다. 기사와 업주에게 경고 차원에서 범칙금을 꼭 물렸으면 좋겠다고 덧붙였다.

내가 세상에서 제일 귀찮아하는 것이 회원 가입과 로그인이다. 오밤중에 이 성가신 일을 하면서 시인 김수영의 시구 '왕궁의 음탕 대신에 50원짜리 갈비가 기름덩어리만 나왔다고 분개하고'가 떠올랐다. 배달 기사들 노동조건이 너무 열악해서는 아닌가도 생각해봤다. 이내 '아니지, 사람이 다치거나 죽을 수 있는데 이게 왜 사소한가. 생계를 위해서라면 다른 사람의 안전을 위협해도 되는가' 하는 내면의 소리가 귀찮음과 일말의 죄책감을 눌렀다.

동네를 빙빙 돌면서 여가를 보낼 때가 많은데 언제부턴가 동네 걷기가 참 어려워졌다. 배달 오토바이와 공유 자전거 따릉이, 전동 킥보드가 골목 곳곳을 점령해버렸다.

인도 위에서, 골목에서 이 탈것들을 맞닥뜨리면 몸을 길가로 바싹 붙인다. 그들 입장에선 내가 알짱거리는 장애물 정도로 인식되겠지만 뚜벅이인 나로선 졸지에 평화로운 걷기 시간을 강탈당하는 기분이다.

안전하게 걷지 못하는 길이 사람에게 얼마나 스트레스

를 주는가. 도시의 사랑스러운 면모를 떠올리면 항상 보행 친화적인 동네를 거닌 기억이 겹친다. 2014년 일본 교토 '철학의 길'을 걸으면서 교토라는 도시 자체에 푹 빠졌다. 걷는 것만으로도 치유되는 이 길에 가려고 이듬해 다시 그 도시를 찾았다.

2019년 네덜란드 암스테르담에 출장 갔을 때도 마찬가지다. 암스테르담 도심에서는 좀처럼 자동차를 보기 어려웠다. 인구보다 자전거가 많은 도시답게 모든 길에 자전거도로가 나 있었고, 그 때문에 자전거 타는 사람이 많아도 인도를 침범하는 이는 없었다.

한 번 서울 공덕동에서 연남동까지 따릉이를 타고 온 적이 있다. 자전거도로를 따라 달리다 보니 마른국수 가락처럼 길이 뚝뚝 끊겼다. 차도로 가자니 뒤에서 빵빵거리는 차들, 길가에 차를 대려는 택시들이 위협적이었고 인도로 가자니 내가 사람들에게 위협적인 존재가 됐다.

인구 천만이 바글바글 부대끼고 사는 서울에서 걷기 좋은 동네 찾기란 사치일지도 모른다. 그래도 바퀴 달린 것보다 걷는 사람이 우선이라는 인식 정도는 상식이 되어야 하지 않을까.

며칠 전 내가 신고한 건에 대한 답변을 받았다. 서울 마포경찰서에서는 "신고한 차량의 영상을 확인한 결과 위반 사실은 확인되었으나, 과태료 처분은 하지 않고 운전자에 대해 계도 조치했다"고 했다. 사진 한 장으로 과태료 처분까지지는 어렵다는 소리였다.

역시 가뿐한 마음으로 동네 걷기는 글렀나보다.

바람길 고양이

너무 긴 겨울이었다. 2020년에서 2021년으로 넘어가며 맞는 봄은 유달리 늦는 듯했다. 밤 9시 이후 불 꺼진 거리는 스산했고 그나마 크리스마스 장식을 오랫동안 거두지 않은 상점들이 도시를 밝혔다. '메세나폴리스'엔 1월 중순이 다 되도록 트리가 치워지지 않으니 지겨운 한 해가 도무지 끝날 기미가 보이지 않았다. 따뜻해지는가 싶으면 눈이 내려 약이 올랐다.

'메세나폴리스' 맞은편에도 주상 복합 아파트 '마포한강 푸르지오'가 있다. 크게 두 개 동이 있는데 이 사잇길을 귀가할 때 꼭 지나게 된다. 특히 눈 오는 겨울날 곤혹스러운 길이다. 높은 빌딩 사이에 있어 강풍이 몰아치기 때문이다. 낭만을 섞어 말하면 바람길이고, 과학적 지식을 보태어 말하면 바람이 고층 건물에 부딪혀 지표면으로 급강하하며 그 속도가 매우 빨라지는 빌딩풍을 생성하는 길이다. 경사까지 있어 미끄럼도 조심해야 한다.

패딩에 달린 모자로 얼굴을 감싸고 강풍에 실눈을 뜬 채 잰걸음으로 집을 향하고 있었다. 밤거리는 황량함을 넘어 으스스했다. 행인이 없어서인지 바람길 한복판에 고양이 한 마리가 느긋이 자리를 지키고 있었다. 얘는 항상 바람길 어딘가에 있다. 주로 배전함에서 자기 친구랑 낮잠 자는 모습이 눈에 띈다. 구면이라 반가워 자리 뜨기가 어려웠다. 걔 뒤에 숨죽이고 쪼그려 앉았다. 카메라 셔터를 누르는 순간 고양이는 홱 뒤돌아보더니 총총 사라졌다.

합정과 망원은 견묘(犬猫) 친화적—그 친구들에게 물어보면 말이 다를지 모르겠지만 인간 입장에서는 이 정도면 다른 데보단 살 만하지 않으냐고 생각할 수 있다—인 동네이다. 주민들은 길고양이에게 상냥한 편이다. 고양이들도 비교적 사람들에게 경계심을 덜 느끼는 것 같다. 그러다 보니 나도 모르게 늘 마주치는 길고양이를 보면 반가운 마음이 든다. 고등학생 때까지만 해도 야간 자율 학습 끝나고 집에 가는 밤에 자동차 밑에서 툭 튀어나오는 길고양이가 께름칙하고 무서웠던 나였다. 어떤 대상에 대한 호오도 사회적 분위기에 영향을 많이 받나 보다. 그때만 해도 도둑고양이라는 말이 많이 쓰였는데, 어느새 그 말은 사어(死語)가 되다시피 하고 길냥이라는 말까지 생기니 왠지 더 친근하다. 요즘은 길고양이도 아니고 '동네 고양이'라는 말을 쓴다는데 정말로 고양이까지 이웃의 범주에 넣을 수 있겠다.

동네를 돌아다니다 보면 바람길 고양이와는 다른 생을 사는 고양이들도 쉽게 상상할 수 있다. 만약 내가 고양이를 키운다면, 내가 당장 새벽에 아플 때 어느 병원에 갈지는 우왕좌왕하겠지만 고양이가 그렇다면 단번에 데리고 갈 수 있는 곳이 떠오를 테다. 합정에서 망원으로 가는 대로변에는 24시간 동물 응급실이 있다. CT와 MRI 촬영까지 가능한 규모 있는 병원이라고 한다. 굳이 이 병원이 아니더라도 걷다 보면 '나만 강아지 없어' 생각이 절로 드는 이 동네에서 세탁소보다 흔한 게 동물 병원이다. 내가 합정에 산다고 하자 한 애묘인은 고양이 미용실부터 떠올렸다. 자기네 고양이들을 미용시킬 때마다 합정에 있는 무마취 미용실을 찾는단다. 고양이도 미용을 한다는 걸 처음 알았고, 미용할 때 마취까지 한다는 것도 처음 들었다.

개들도 섭섭하지 않을 장소들이 있다. 한동안 다니던 피트니스 센터 건물 지하에는 개 전용 피트니스가 있었다. 망원동에는 개 수제 간식을 파는 베이커리가 있더라. 이러다가 개 스파, 개 술집—술집까진 아니지만 이미 개가 마실 수 있는 맥주가 있다고 한다—도 생기겠다 했더니만 실제로 둘 다 있다!

한동안 이런 '개 팔자 상팔자'류의 아이템에 꽂혔었다. 2016년에 강아지 유치원이 있다는 얘기를 듣고 취재 간 적이 있다. 당시만 해도 생긴 지 얼마 되지 않은 업종이라 이를 소개한 일간지가 없었다. 셔틀버스 타고 등원하고 담임 선생님이 알림장에 간식은 뭐 먹었고 어떤 친구랑 놀았는지 적어준다. 시간표도 짜여 있어 낮잠 시간도 있다. 식사 예절도 배우고 후각 훈련도 받는다. 선생님이 유치원을 옮기면 강아지도 따라서 전학시키는 견주들도 있다. 야근하는 견주를 위한 종일반도 운영한다. 비용은 월 50만 원 이내.

유난스럽다고 생각했었는데 다녀와서는 생각이 좀 바뀌었다. 견주들은 반려견이 혼자 있을 때 분리 불안 때문에 힘들어 하는 등의 현실적 이유로 유치원을 찾았다. 정말로 이제 반려동물도 가족으로 받아들여지는 이상—반려견이 죽으면 부조하는 문화도 있다—어느 정도 인간의 관습을 따르는 일도 불가피해졌다. 그래서 개 팔자 상팔자, 묘 팔자 상팔자 기사는 어떤 레퍼토리인지 빤히 예상되지만 보게는 되는 콩트처럼 느껴진다.

다만 이제 호사 누리는 개나 고양이를 보면 '사람도 비싸서 못 하는데' 하는 박탈감을 걱정하기보다는 저 종들 사이의 아득한 삶의 격차를 생각하게 된다. 바람길 고양이는 스파 받으러 다니는 고양이가 있단 걸 알게 되면 어떤 생각을 할까 싶은 것이다. 주인이 맨날 츄르 먹이고 캣 타워 있는 집에 사는 반려묘보단 거리의 자유를 누리는 자기 삶에 더 큰 자부를 느끼려나. 아니면 남의 집 고양이 보며 '이번 생은 망했다' 자괴하려나. 반려동물 키울 엄두는 못 내고 동네 고양이에 쩔쩔매는 랜선 집사의 공상이다.

'메세나폴리스'와 '마포한강푸르지오' 사이
바람길을 지키는 고양이.

벚꽃은 불꽃보다 평등하다

매년 가을 불꽃 축제 철이면 빵빵 터지는 폭죽 소리만 귀를 때렸다. 사람 많고 화장실 더럽고 올 때 차 막힐 게 빤한데 굳이 뭐 그런 곳을 찾아가나 싶었다. 우연히 친구 따라갔다가 접한 불꽃 황홀경에 '이걸 왜 30년 동안 못 즐겼나' 억울하기 짝이 없었다.

4월은 벚꽃, 10월은 불꽃. 이걸 연례행사로 여기며 살아가리. 평소 우리 동네서 여의도까지라면 교통편이나 거리를 고민할 필요가 없지만 축제날이라면 말이 다르다.

음료값 좀 비싸도 낼 만한 날이라고 생각해 야경이 끝내줘 프로포즈 명소로 통한다는 한 강변 카페에 갔다. 직원은 전망 좋은 자리 몇 개를 안내했다. 흡족한 마음으로 창가 구석 자리에 앉겠다고 말하려는 찰나, 그는 친절한 미소를 띠며 이렇게 말했다. "테이블당 15만 원입니다."

한 테이블에 죽치고 앉아 있을 손님들 때문에 회전율이 떨어질 테니 특별한 날 자리값 따로 받는 카페도 이해는 간다. 1인당 7만 5천 원짜리 불꽃 공연 티켓이라고 생각할 수도 있겠지. 어쨌든 나의 소비 범위는 벗어난다.

우리는 카페 옆 식당에서 장작구이를 뜯으며 긴급회의를 했다. 일단 따릉이를 빌려 원효대교까지 가보기로 했다. 그렇게 시작된 동네 자전거 여행. 상수동을 지나 강변을 따라 달리다보니 '스폿'이 나왔다. 인파를 뚫고 돗자리를 깔 만한 적절한 장소를 찾았다. 쌀쌀하긴 했지만 자전거 타고 오길 백번 잘했다는 생각이 들었다.

올해도 불꽃은 여전히 화려하고 낭만적이었다. 지나가던 사람들도 잠깐 멈추고 카메라를 추켜들었다. 불꽃이 빵빵 터질 때마다 "와" 하는 환호성이 나왔다. 모두 행복해 보였다.

나는 불꽃 너머 즐비한 아파트 배경을 보며 상상했다. 집 안 거실에서 간단한 식사에 와인 한 잔 곁들이면 얼마나 편할까! 햇반 하나만 있어도 불꽃을 반찬 삼을 수 있을 텐데. 몇 주 전부터 예약이 꽉 찬다는 여의도 인근 호텔과 식당들에 기꺼이 지갑을 열 수 있는 사람들이 보는 불꽃은 어떨까?

2018년에는 운 좋게도 여의도에 있는 친구 회사 옥상에서 불꽃을 봤다. 밑에서 올려다본 불꽃과는 또 다른 인상이었다. 하늘 위에 펼쳐진 장관이니 누구나 볼 수 있는 공공재라고 생각했는데 꼭 그렇지도 않나 보다.

불꽃에 비하면 벚꽃은 평등한 편이다. 차가 있든 없든, 집 안에서 벚꽃이 보이든 안 보이든 누구든 밖으로 나와 벚나무 밑을 거닐어야 봄기운을 온전히 느낄 수 있다.

그러나 이 역시 비장애인 서울 주민인 나의 시각일 뿐이다. 모두가 함께 즐길 수 있는 아름다운 것은 대체 어디에 있을까?

하늘에 펼쳐진 장관에
지나가던 사람들이 발길을 잠시 멈췄다.

4장

떠나보내는 것들

편의점에 간다

소설가 김애란의 단편 〈나는 편의점에 간다〉(《달려라, 아비》, 창비, 2005)에서 주인공 여자는 단골 편의점 큐마트에서 항상 제주 삼다수와 디스 플러스를 사간다. 그러다 한 날 급히 서울에 올라온다는 동생 때문에 열쇠를 편의점에 맡기려 한다. 당연히 푸른 조끼를 입은 큐마트 청년이 자신을 알 거라고 믿고 "저…… 아시죠?" 했을 때 돌아온 그의 반응. "네?" 그녀는 화장지며, 쓰레기봉투며, 햇반이며 자신이 늘 사 가는 품목들을 구차하게 읊지만 청년은 그녀를 알지 못한다. 도시의 익명성과 무심함을 이 이야기보다 생활감 짙게 풀어낸 얘기도 찾기 힘들 테다.

늦은 밤 야식을 사러 집 앞 세븐일레븐에 나갈 때마다 한동안 소설 속 이 장면이 떠올랐다. 매번 간식을 쓸어 담고네 캔에 만 원짜리 수입 맥주까지 얹으면 너무 처량해 보일까 싶다가도 이내 안도감이 드는 것이었다. 편의점 직원이 나를 알아볼지도 모른다는 노파심이 망상만은 아니었음이 밝혀졌다. 냉동 만두와 '너구리'를 품에 안고 나오는 찰나, 새로운 얼굴인 세븐일레븐 언니(?)는 내 눈을 마주치며 "맛있게 드세요"라고 해맑게 웃었다. 미소가 기분 좋아 민망함이 잠시 가셨다.

요즘 미니멀리즘 실천법 중 하나로 집 앞 편의점을 냉장고 삼아 살라는 방법이 언급되고는 하던데……. 나는 집에 간식을 쌓아놓는 대신 나름 그때그때 먹을 주전부리를 사다 나르니 나름 세븐일레븐이 내 '길티 플레저' 창고인 셈이다. 오히려 '맛있게 드세요' 사건 이후로 별 죄책감 없이 편의점을 털러 가게 됐다.

내가 좋아하는 품목은 이런 것들이다. 킨더 초콜릿, 스윙칩 매운맛, 덴마크 드링킹 요구르트, 쿵푸팬더 만두, 사천짜장, 아기과자 배배, 뽀로로와 친구들 쿠키…… 생리 전 증후군을 겪을 땐 응급약 복용하듯 단것을 얻으러 세븐일레븐으로 달려간다. 그 외에는 김치찌개 끓이다 고기 떨어졌을 때 참치캔 사러 가고, 퇴근길에 여섯 개들이 생수 사 들고 오려고 들른다.

생활의 빈 부분을 갈급히 채울 때마다 세븐일레븐에 가

는데 그때마다 반갑게 웃어주는 편의점 언니에게 호감을 크게 느꼈다. 영혼 한 스푼 담긴 눈인사만으로 꽤 기분이 좋아지기 때문이다. 나도 모르게 계산하면서 한 번씩 웃게 된다. 언니는 계산할 때 "맛있게 드세요" 하고, 나갈 때도 "또 오세요" 한다. 이 친절을 외면하고 다른 편의점에 가는 건 솔직히 좀 배신이지 않나. 이왕 내 길티 플레저를 들킨(?) 사이이니 후줄근하게 나가서 간식을 털어올 때도 한결 마음이 편하다.

술 마시고 귀가하는 길에 입가심 겸 찰떡아이스 한 알 먹고 싶어 세븐일레븐을 들렀다. 그런데 웬걸. 가게 내부가 싹 비워져 있었다. 세븐일레븐 언니에게 서운한 마음이 들었다. 그래도 우리가 나눈 눈 맞춤이 몇 번인데! 엊그제 들렀을 때 문 닫는다고 언질이라도 주지. 그러고 보니 그녀를 특별한 편의점 주인으로만 생각했을 뿐 대화 한마디 나눠본 적 없다. 단지 친절에 진심이 좀 느껴진다고 해서 혼자 과도하게 호의를 느낀 내가 이상할 수도 있다. 가장 개인적이고 용무 급한 물건을 살 때 주로 혼자 가는 곳이니 편의점만큼 사적인 가게도 없다. 그녀가 내가 뭘 사 가는지 인식하고 있다는 사실을 알기에 친밀감을 느꼈던 걸까. 아쉬우면서도 장사가 안 돼서 문을 닫은 것인가 걱정되기도 했다.

나도 김애란 소설 속 여자처럼 그녀가 나를 알고 있다고 착각하고 있을지 모른다는 생각도 했다. 어쩌면 원래 친절하고 밝은 분인데다가 내 얼굴 따위 기억하지도 않고 바코드만 딱 찍고 대략 식품류면 맛있게 먹으라고 공식처럼 말했을 수도 있을 텐데.

동네에 자주 가는 가게 주인이 나를 아는지 모르는지 궁금해진다. 오랜만에 전에 살던 동네에 있는 단골집에 갔더니 사장님이 "한동안 안 오셔서 뭐 맘에 안 드신 게 있었나, 맛이 변했나, 아니면 무슨 일이라도 있으신 건가 걱정했다"고 했다. 가게가 사라졌을 때 손님의 허탈감보다 단골의 발길이 끊겼을 때 사장의 근심이 더 크고 깊겠다는 생각이 들었다. 그래서 이사 가기 전에 단골 가게에 들르면 앞으로 자주 못 올 수도 있다고 인사라도 드리고 싶은데 그 범위를 어디까지 해야 할지 고민이다.

스치는 손님일 뿐인 나 혼자 괜히 앞서가는 게 아닌가 싶다가도, 늘 조용히 먹고 나오는 생선구이 식당에서 계산하고 나오는데 "저번에 고등어 떨어져서 못 드시고 가셨잖아요" 하는 사장님을 보면 나도 모르는 사이 어떤 식당의 단골이 되어 있을 법하다. '맨날 레깅스 차림으로 와서 백반 15분 컷 하고 나가는 여자' 정도로 기억되고 있을지도 모르지만. 혼밥하는 사람을 배려해서인지 일부러 알은척 안 하는 무심함이 미덕인 식당인 경우는 더더욱 애매하다. 왠지 사장님하고 안면을 트면 잘 안 가게 될 것 같고, 그러면 굳이 작별 인사를 할 필요가 있을까 싶은 것이다.

오늘 동생에게 세븐일레븐이 없어졌더라고 했더니 "거기 리모델링 끝나고 다시 열었는데?" 했다. 사장도 알바생도 그대로라고 했다. 별일 아닌데 설렜다. 다음번에 계산할 때는 가게가 없어진 줄 알고 심장이 덜컹했었다고 말이라도 붙여볼까 싶다. 결국 조용히 군것질거리만 품고 나올 듯도 하지만.

동네 데이트가 이별 후 남기는 것들

2014년 어느 여름날, 어른이 되어간다고 느꼈다. 사랑하던 이와 헤어지고 나서 묵묵히 일터에 나와 밥벌이를 하는 내 모습이 제법 어른의 삶을 살고 있는 듯했다. 그러나 이내 화장실에서 한바탕 눈물 쏙 빼는 나를 보며 아직 멀었다고 생각했다.

이별 후 일상으로의 복귀까지 시간을 지켜보며 얼마나 어른이 되었는지 가늠해본다. 최대한 일상을 똑같이 유지하고 티 내지 않는다. 시간이 알아서 감정의 불씨를 꺼뜨리도록 나는 나의 삶을 산다. 회한 따위에 묻혀 있기에 생이 너무 짧다는 걸 알아버렸다.

담담한 내 모습에 놀라면서도 초연해지지 않는 순간들이 예고 없이 찾아와 마음을 헤집는다. 사랑에 실패했다는 수치

심을 벗지 못해, 주변에는 입을 닫는다. 아무렇지 않다고, 푸닥거리 같은 거 청승맞다고 스스로를 달랜다.

그가 내 일상에 들어오면서 동네에 애정이 커졌다. 내 생활 반경 안에 누군가가 함께 있는 시간이 많아졌다. 내가 좋아하는 식당에서 함께 '맛있다!'를 연발하고 홀로 귀가하던 길에 바래다주는 사람이 생기면서 동네 곳곳에 의미가 생겼다. 평범한 길목도 추억을 떠올리게 하는 사랑스러운 공간이 됐다.

그러나 이게 다 내 빚으로 돌아올 줄이야! 그 풍경에서 누군가가 사라지는 순간 나의 평화로웠던 공간들은 나를 매우 괴롭게 만든다. 예전에도 거기 나 혼자 있었는데 그리고 지금도 혼자인데, 그사이 누가 잠시 앉았다 갔을 뿐인데 예전과는 전혀 다른 공간이 된다.

나는 어려움이 있을 때 차라리 들여다보는 편이다. 제주도에서 헤어지고 나서 발이 닳도록 제주도에 다닌 적이 있다. 제주도가 싫어지는 게 싫어서. 일종의 노출 요법이랄까. 뻔질나게 드나들다 보니 어느 순간 내 머릿속 연관 검색어에서 실연이 사라졌다. 제주도에 추억을 하나씩 묻고 올 때마다 조금씩 괜찮아졌다.

사람마다 기억에 저항하는 방법은 다르다. 어떤 사람들은 회피 요법을 쓰기도 한다. 괜찮아질 때까지 잠시 관망하며 떨어져 있는 것도 방법이다.

그러나 동네 데이트를 즐겼다면 선택의 여지가 없다. 시도 때도 없이 별별 기억들에 강제 소환되는 경험을 하게 된다. 기억들을 좀 더 먼 곳에 묻어놓을걸 그랬다. 함께 가던 식당 안을 유심히 살펴보게 된다. 자주 가던 맛집에 발 들이기가 망설여진다. 맥주 한잔하러 나갔다가 어느 곳 하나 기억이 끈덕지지 않은 곳이 없어 동네를 빙빙 돈다. 애정을 쏟았던 장소 곳곳이 알레르기를 유발하는 고양이 털이 되어버렸다.

어쩔 수 없이 나는 또 직면하는 방법을 쓸 수밖에. 새로운 기억들을 동네 곳곳에 조금씩 숨겨놓기로 한다. 스친 맛집도 다시 보자. 자주 가던 식당에서 새 메뉴를 시켜보고, 매번 지나다녔지만 안 가본 식당에 도전해본다. 어떤 공간은 잊기 위해 기억을 덧씌울 필요가 있다.

같이 걷던 길목에 있던 요가원을 끊었다. 요가 후 상쾌한 기분으로 길을 걸어 나오는 경험이 쌓이면 그냥 '요가원 가는 길'이 되겠지. 사랑을 잃었다고 이 동네에 대한 애정까지 버릴 수는 없으니까, 나의 일상을 탈환해야 하니까, 집 앞을 나서는 용기를 놓을 수 없다.

어쩌다 라디오

노동하는데 휴식같이 느껴지는 시간이 있다. 라디오를 켜 놓고 청소하는 밤이 그렇다. 블루투스 스피커에서 흘러나오는 타인의 수다를 들으며 쓸고 닦고 빨래를 개고 나면 마음이 정화된다. 온갖 콘텐츠가 쏟아지는 시대에 나의 선택은 마포와 서대문 일대에 송출되는 마포FM '마포구 동(洞)라디오'이다. 라디오 제작 교육을 받은 마포구 주민들이 동네를 주제로 만드는 프로그램이다. 요일별로 망원동, 연남동, 염리동, 서교동, 합정동 소식을 전한다. 만듦새 매끈한 공중파 라디오와는 다른 소박한 재미가 있다. 라디오와 수다 중간쯤 있는 방송이랄까.

합정동 방송 〈어쩌다 합정러〉를 듣다 보면 가끔 아는 이웃이 등장해서, 다 듣고 나면 보고 싶은 친구와 통화를 막 끝내고 난 후의 따뜻함이 피어오른다. 어쩌다가 합정 주민이 된 나도 게스트로 한 번 라디오에 나간 적이 있다. 온라인에 연재한 동네 이야기를 라디오에서 소개했다. 출연료도 없지만 동네 콘텐츠가 많아지는 현상에 기여하고 싶어서 동네 친구의 제안에 흔쾌히 응했다.

긴장도 잠시, 진행자 아옌데, 다정, 두루뭉, 와우 님—출연자는 모두 닉네임으로 부른다—의 환대에 녹음 시간 한 시간이 후딱 지나갔다. 집으로 돌아오는 길에 내가 쓰는 동네 이야기를 읽어줄 독자를 상상했다. 미래에 내 책을 사 볼 독자를 위해 얘기를 당분간 아끼기로 하고 다음 출연은 고사했다. 이후 아옌데 님을 통해 가끔 출연자들 소식을 건네 듣기도 하고, 다정 님과 '코코그림'에서 우연히 만나기도 했다. 다루는 소재가 비슷한 만큼 간섭이 일어날까 봐 일부러 동네 라디오를 멀리하던 시기도 있었는데, 내 이야기의 독자성을 확신하게 되면서는 마음 편히 듣고 있다. 라디오로 전해 듣는 이웃 소식이라니 21세기에 너무 낭만적인 방식의 안부 아닌가.

요즘 따라 작별 소식이 자주 들린다. 진행자 중 한 명인 두루뭉 님이 제주로 떠난다고 했다. 설거지를 하다가 달그락거리는 그릇 소리를 잠시 멈추고 귀를 기울였다. 합정동에서 25년을 살았다는 그녀는 자신이 "태어난 곳은 부산이지만 나에게 고향은 합정"이라고 했다. 엄밀히 합정은 고향이 아니라

동네 소식을 다루는 라디오 프로그램.
그리운 친구와 실컷 수다를 떨고 난 기분이다.

는 말로 들렸다. 25년을 살았으면 그냥 내게 고향은 합정이라고 말할 법도 한데 단서를 붙이는 걸 보면 어딘가를 고향이라고 여기는 기준은 어느 정도 자의적인 듯하다. 내게 합정은 서울 뜨내기인 나를 정서적으로 품어준 고향이다. 훗날 젊은 날의 기억 일부를 진하게 묻어놓은 장소로 기억하게 될 것이다. 이삿날을 잡아놓고 아쉬움이 커진 요즘의 내 감정의 주파수와 두루뭉 님의 그것이 맞아떨어져 한참을 고무장갑을 낀 채로 소파에 앉아 라디오를 들었다.

다른 회에서는 또 다른 합정 주민 웅그 님이 게스트로 나왔다. 그는 울릉도로 떠난다고 했다. "합정은 도시가 아니라 마을이라 향수병에 걸릴 수도 있다"고 했다. 그와는 아옌데 님과 함께 셋이서 지난여름 연희동서부터 합정까지 자전거를 함께 타고 온 추억이 있다. 그러곤 '닭날다'에서 레드락을 곁들여 전골과 닭날개튀김을 먹었었다. 그새 문 닫힌 서교동 상상마당 시네마에서 영화 〈벌새〉를 같이 본 멤버이기도 하다.

간혹 내가 동네 얘기를 꺼내면 어른들 중 상당수는 "그쪽이 예전에 물난리 나고 난리도 아니었지" 한다. 그 시절 이 동네 살던 분에게 합정과 망원 일대는 상습 침수 지대로 가장 먼저 기억되는데 그게 꼭 서럽고 고단했다는 뜻만은 아니었다. 애석하게도 맛집을 많이 추천받지는 못했다. 노포 느낌이 나는 식당은 많지만 정작 노포는 많이 없는 역설적인 상권이 이곳이다.

합정이라는 공간을 동시대에 공유한 사람들끼리 나누는 정서가 있지 않을까. 나는 궁금하다. 합정 일대에 사는 사람과, (전형적 베드타운이라는 의미에서) 노원 일대에 사는 사람 중 어느 쪽이 제주도로, 울릉도로 떠날 가능성이 높을까. 도시를 떠나 섬으로 가는 2030의 경향성이 어느 동네에서 보다 더 잘 발견되겠느냐는 말이다. 도시의 기억을 공유하는 이들은 어떤 시선으로 새로운 터전을 바라볼까. 합정에 제주도나 울릉도가 겹치는 풍경은 어떤 모습일까. 아마 언젠가 합정역 5번 출구에 있는 자전거 가게, 합정과 망원 일대를 누비는 막걸리 장수 아저씨, 위용 있게 솟은 '메세나폴리스' 같은 것들을 언젠가 애틋하게 상기할지도 모르겠다.

다시 어느 동네의 외지인이 될 생각에 두렵기도 설레기도 하다. 새로운 공간에서 삶의 뿌리를 내리며 나의 일부분을 만들어갈 것이다. 여기 합정에서 나는, 사는 동네에 어떻게 자리 잡느냐가 나를 규정하는 요소 중 하나가 될 수 있음을 알게 되었다. 나다움의 범주에는 어느새 합정에 살았음, 혹은 살고 있음이 들어가 있다.

집단적 생활감을 공유하는 이들끼리 지연(地緣)이 생기는 걸까. 대개는 부정적 맥락에서 쓰이는 단어이지만 사실 말 자체는 중립적이다. 오히려 땅이 이어준 인연이라니 뜻이 아름

답게도 들린다. 나는 합정동 출신이다. 여기서 태어나지 않았든 자라나지 않았든 성인이 되어 생긴 이 지연을 기꺼이 이어가고 싶다.

자기보다 자가

어딜 가나 집 얘기다. 얼마 전 초면인 분이 "집 사셨어요?"라고 물었다. 내 대답이 중요하지는 않았다. 그는 자기 얘기를 하고 싶어 했기 때문이다.

"제가요, 친구들에 비해 집을 좀 늦게 산 편인데 글쎄 3년 만에 집값이 딱 두 배가 되는 거야. 또 마침 일시적 2주택이었던 때가 있었거든요. 그걸 딱 기한 3개월 남기고 처분했지 뭐야. 신의 한 수였죠."

이럴 때 반응할 답은 대개 정해져 있다. "와, 대단하시네요. 축하드려요." 절묘한 타이밍을 자랑하고 싶은 마음은 알겠는데 그날은 좀 배알이 꼴렸다. 다른 말이 나갔다.

"어떤 분이 이런 말씀을 하시더라고요, 요즘 친구들끼리 만나도 부동산 얘기를 잘 안 하게 된다고. 그중에는 집 산 사람도 그렇지 않은 사람도 있으니까, 친구끼리 박탈감 느낄까 봐 서로 배려하는 거라고요. 자리에 모인 모두가 부동산으로 돈 벌지 않은 이상 누군가는 상처받을 수 있단 걸 의식하게 됐어요."

하지만 그는 행간을 읽어내지 못했고—혹은 자랑이 아직 덜 끝났고—결국 "종합 부동산세에 허리가 휠 지경"이라는, 푸념을 가장한 자랑으로 넘어갔다.

서울에 내 집 하나 없는 것도 서러운데 어느 때부턴가 무주택자가 무지렁이 취급까지 받고 있다. 부동산 시장에서 기민하게 움직이지도 못하다가 말 그대로 벼락 거지가 됐다고 손가락질 하는 것 같다. 재테크에 눈 밝은 어떤 이는 무주택자는 집값 하락에 베팅한 거라고도 했다. 언제부터 무주택이 선택 사항이었나.

그런 무지렁이 중 한 명으로서 이사를 결심했다가 패닉이 오지 않을 수 없었다. 내가 소처럼 일하고 개미처럼 모으는 사이 집값은 가을철 메뚜기 뛰듯 올라버렸다. 지난 8년간 성실했던 나의 근로소득이 앞으로도 한동안 그러리라 믿고 대출을 일으켜 집을 사야겠다고 결심했다. 사회 초년생 때 가입해놓은, 7년 만기를 앞둔 재형저축 통장이 이제 자기를 쓸 때가 되었다고 고개를 끄덕이는 듯했다.

공교롭게도 이 책이 세상에 나올 때쯤이면 나는 합정과

망원 사이를 떠나 있을 테다. 독자들은 배신감을 느낄지 모르겠으나, 나름 이 동네에서 탈고를 한 뒤에야 이사하겠다는 고지식함으로 이사 시기를 골랐으니 양해해주시라. 부동산 앱에 가용 예산을 넣고 필터링을 했다. 마포구 내에 내가 살 수 있는 아파트는 없었기에, 탈고 이후에 실거주할 수 있고 출퇴근 교통편이 나쁘지 않으며 한강과 접근성이 좋은 서울 서쪽 언저리에 자리 잡기로 했다. 내 나이보다 겨우 몇 살 어린 작고 귀여운 집을 둘러본 후 결단했다. 나라님이 그리 우려하시는 30대 패닉바잉족 대열에 합류하기로. 집을 사야겠다고 결심하고부터 가계약금을 보내기까지 딱 이틀이 걸렸다. 그땐 눈에 무엇이 씌었나보다. 부모님을 포함해 아무에게도 말하지 않고 저질러버렸다. 앞으로 집값의 오르내림과 상관없이 나는 주거 안정이 절실하고, 내가 우선시하는 주거 환경의 기준이 명확하고 그에 맞는 동네를 골랐으며, 오히려 소득이 더 오르기 전에 금융 제도 혜택을 받는 편이 낫다고 스스로를 설득했다. 그러고도 불안해서 매일같이 베갯잇에 고개를 묻었다.

'그때만 샀었어도' 하는 껄무새—살걸 팔걸 하며 과거를 후회하는 개인 투자자를 이렇게 부른단다—가 되어 복기하니 나는 한 번도 구체적으로 내 집을 욕망하지 않았다는 사실을 깨달았다. 2년 단위로 서울을 떠돌아 산 게 10년이 넘어갔고 세입자로서의 고충만으로도 책 한 권을 더 쓸 수 있을 텐데도 말이다. 막연히 나와 비슷하게 벌고 비슷하게 모은 사람과 결혼해 자산을 함께 불려가면 된다고 생각했었다. 결혼에 대한 생각은 희미하면서도 내 것을 소유하는 시점은 결혼 이후로 유예하는 내 안의 모순을 발견하고는 얼마나 후회했는지 모른다. 돈에는 성별이 없는데 왜 나는 지레 큰 것을 가질 땐—아직 누군지도 모를—남편과 상의해야 한다고 생각했을까.

이런 사고는 자기 자산을 갖는 여자들이 하나둘 보이기 시작하면서부터 급속도로 전환되기 시작했다. 자칭 초(超)패닉바잉족이지만 그에 앞서 이런 전환이 내면에서 강진 수준으로 일어났기에 큰 결정에 거리낌이 없었던 것도 같다. 결혼하는 친구가 집을 산다고 하면 그런가보다 했는데, 언제부턴가 싱글인데 집을 마련해가는 여자들이 보이기 시작했다. 나와 나이와 소득, 근무지가 비슷한 걸로 추정되는 '아기고라니' 님이 블로그에 쓴 주택 구매 여정, 고양이 두 마리와 사는 비혼 비정규직 여성으로서 내 집 마련 과정을 엮은 《결혼은 모르겠고 내 집은 있습니다》(김민정, 21세기북스, 2020)에서 다른 여자들의 일화를 엿보며 비로소 '자기만의 집'이 현실로 내려온 듯했다. 물론 집을 주제로 한 대화의 8할은 좌절과 비애감이 묻어났지만 나는 어쩐지 "결혼해도 내 명의 집은 필요하더라", "언니, 저 얼마 전에 연희동에 빌라 샀어요" 같은 얘기에 귀가 열렸다. 무엇보다 2년마다의 이사도 지겹고 내 한 몸 뉘일 안정적 거처를 마련해야겠다는 소망이 커졌다.

우리 세대 여성이 생각하는 경제적 독립에 이제 정기적인 소득뿐 아니라 집과 같은 자산이 포함되고 있음을 느낀다. 21세기 여성은 자기만의 집이 필요하다. 여성이 1백여 년을 자기만의 방을 주장해왔으니, 이제 사회경제적 지위 상승에 맞물려 자기만의 집을 외쳐야 할 때가 아닌가 싶다. 앞서 집 자랑하는 이를 비꼬아놓고 이렇게 집 샀다는 얘기를 늘어놓는 건, 매수 과정에서 자기 것을 가진 여성들이 더 눈에 많이 띄어야 한다는 신념을 갖게 되었기 때문이다. 내가 저것을 가질 수 있을지 모른다고 여기는 것과 상상조차 않는 것의 차이는 컸다. 내 자산과 신용을 헤아려보고 각종 금융 제도를 알아보는 과정에서 경제활동을 하는 독립된 인간으로서 정체성을 느꼈다. 삶에 자부가 착착 붙는 일이었다. 역시 지금 나에겐 결혼할 '자기'보다는 자가(自家)가 필요하다.

과정은 순탄치만은 않았다. 계약하는 날 나보다 50살 많은 매도인 부부는 중개인을 통해 사전에 협의한 것과 달리 중도금을 올려달라고 뻗댔고, 매도인과 연이 깊지만 직업인으로서 그 황당한 말마저 내게 전할 수 없었던 중개인은 끝내 울고 말았다. 나는 결국 자금을 융통해 중도금을 더 메워주기로 했다. 도장을 다 찍고 나자 매도인 부부 중 아내가 내게 "남편은 어디 있고?" 하고 물었다. "남편 없어요" 하니 토끼

눈을 떴다. 그녀가 “그럼 아직 결혼식 날짜는 안 잡은 거고?” 재차 묻자 옆에 있던 남편은 팔꿈치로 아내를 툭툭 치며, “아니, 결혼 안 한다잖아. 젊은 처자가 야무지네. 전문직인가” 했다. 옆에서 중개인이 “쯧쯧…… 집주인이 많이 괴롭혔나보다. 오죽하면” 했다. 아무 말도 안 했는데 이미 나는 ‘결혼 생각 일절 없는 독신주의자로 집주인의 괴롭힘을 끝내 견디지 못하고 혼자 살 집을 사게 된 똑 부러지는 전문직 아가씨’가 되어 있었다.

집주인이라는 말이 더 익숙한 내게, ‘매도인’과 ‘매수인’이라는 계약관계는 다른 세계로 들어가는 기분을 선사했다. 중개인은 내게 미안했던지 밥을 먹고 가라고 했다. 50대로 보이는 그녀는 첫 주택 매수 과정에서 내가 놓친 걸 살뜰히 챙겨주었다. “이영 씨, 집 고치는 동안 어디로 가 있게요?” 하며 이전 세입자가 나간 후 잔금을 치르기까지의 기간 동안 인테리어를 할 수 있도록 먼저 매도인의 양해를 구해주었다. 부동산을 돌 때마다 “이 돈으로는 택도 없다”는 뉘앙스로 좌절감을 안겨준 중개인들만 겪어왔던 나는 끝까지 경계심을 풀지 않았는데, 중도금을 갑자기 올려달라는 매도인에게 그녀는 이렇게 말하며 울먹거렸다.

“사장님, 이 아가씨도 첫 집 어렵게 마련하는 게 너무 기특한데 이제 와 이러시면 어떡해요. 제가 어제 중도금 날짜랑

금액까지 문자메시지로 넣어드렸잖아요. 혹시 급하시면 제가 2천만 원 정도는 꾸어서라도 마련해드릴게요."

이 황당한 상황에, 순간 내가 사기를 당하고 있는 건가 덜컥 겁이 났지만 그렇다면 이 아주머니는 부동산 사무실이 아니라 충무로에 가 있어야 마땅했다. 나는 왠지 이 동네에 오래 살고 있다는 이분이 내 첫 이웃이 되리라는 예감이 들었다.

계약을 하고 새 동네를 한 바퀴 돌았다. 합정-망원보다 행인들의 평균 연령이 족히 서른 살은 올라간 듯했다. 인스타그램 사진용 카페도 줄 선 맛집도 없는 투박한 동네이지만 벌써 애정이 간다. 별 자극이 없고 조용한 분위기도 나쁘지 않아 보였다. 이사를 앞두고 걱정스러운 마음도 들지만 설렘이 더 크다. 내 집이라서라기보다는 다음 동네에서 어떤 새로운 관계를 만들어나갈 수 있을까 하는 기대감 때문이다. 지금의 동네에서 나는 내가 어디에 살든 정붙이고 이웃을 사귀어갈 수 있는 존재라는 확신을 얻었다. 그건 여러 동네를 떠돌아 살며 몸에 익어버린 삶의 기술이기도 했다. 그러고 보니 지난 10여 년의 세입자살이가 썩 쓸모없는 경험은 아니었나 보다.

또 당했다. 변기에 앉으니 물기가 흥건했다. 허벅지가 축축해졌다. 가벼운 짜증으로 아침을 열었다. 왕복 3시간 거리를 출퇴근하는 여동생은 내가 잠든 사이 씻고 나간다. 항상 샤워 후 변기를 물청소하는데 이어 욕실에 들어가는 나로서는 비몽사몽간에 물기가 마르지 않은 변기에 앉았다가 이렇게 불상사를 겪곤 한다.

어느덧 그녀와 함께 산 햇수가 6년을 넘어가고 있다. 드디어 서울 하늘 아래 내게도 동거 가족이 생겼다는 사실이 처음에는 얼마나 설렜는지 모른다. 그건 퇴근 후 귀가하면 집에 누군가가 기다리고 있고, 주말 아침 같이 브런치를 차려 먹을 사람이 생긴다는 뜻이다.

얼마 안 가 이는 나의 환상에 불과했음이 밝혀진다. 동생은 집을 잠만 자고 나가는 하숙집 정도로 여기는 듯했다. 밤늦게 집에 들어와서는 제 방 문을 꽉 닫고 나오지 않았다. 기척을 들은 나는 한 번 나가볼까 말까 하다가 모르는 척 이불을 뒤집어쓴 날이 많았다.

당시 동생은 주로 밤에 활동하는 올빼미형 인간—거리가 먼 직장에 다니는 지금은 주말 아침에도 9시를 넘기지 않고 일어나는 아침형 인간이 되었으니 근로소득의 힘은 위대하다—이었다. 동생의 생활 패턴을 알고 있음에도 해가 중천일 때까지 닫혀 있는 방문을 보면 이내 울화통이 터졌다. 취업 준비생 자녀를 보는 부모 심정이 어렴풋이 짐작 갔다. 엘사 방문 너머의 안나처럼 나는 혼자서 시무룩해지곤 했다. 닫힌 방문을 사이에 두고 홀로 상처받은 시간이 많았다.

동거인이 생기자 새삼 보이는 것들이 많았다. 집에 더 머무는 사람 눈에는 티끌 하나라도 더 보이기 마련이다. 상대적 집순이인 나는 바닥을 보이는 샴푸를 신경 쓰는 일까지도 가사 노동임을 알게 되었다. 주거비의 상당 부분을 내가 부담하는데도 왠지 집안일도 내가 더 하는 것 같아 억울하고 야속한 마음이 울컥 올라오곤 했다.

집안일이 지긋지긋해지는 순간, 원망의 화살은 같이 사는 이를 겨눈다. 혼자 살 때는 어찌됐든 내 생활의 흔적임이 명백하니 그런대로 치우며 산다. 하지만 오랜만에 쓰는 공용 공간 ─ 주로 거실이나 주방 ─ 이 더럽다 싶으면 '집은 가만히 놔둬도 더러워진다'는 명제를 잊고 공연히 동거인을 탓하게 된다. 내가 먹은 설거짓거리에 동생이 남긴 컵 하나만 껴도 속이 좁아지며 한숨이 나오고, 종국에는 빨래를 널다가 동생의 양말이 보이자 얄미워서 휙 내팽개쳐버리는 지경에 이르는 것이다.

같은 부모 밑에서 20년 가까이 자랐는데도 우리는 왜 이다지도 타협이 안 될까. 나는 분리수거하는 쓰레기는 눈에 안 보이게 베란다에 놓고 싶은데 동생은 내다 버리기 쉽게 현관 옆에 내놓는다. 내가 수건을 말아 보관한다면 동생은 삼등분으로 접어서 갠다. 둘 다 비위가 약하지만 나는 음식물 쓰레기를 못 버리고, 동생은 화장실 물때를 못 닦는다. 동생은 내가 벗어 놓은 스타킹이 돌돌 말려 있는 꼴을 못 본다. 이것 말고도 몇 가지 타박을 들었는데 타인의 결점은 티끌 하나까지 떠오르는 반면 내 것은 뒤돌아서면 홀라당 까먹고 말아버린다. 음식물 쓰레기만 버려준다면 모든 집안일은 내가 다 해도 괜찮다는 마음가짐이 살다 보니 '왜 맨날 화장실 바닥은 나만 닦고 있나' 하는 불만으로 홱 전환된다.

동거 초기 3년은 몇 번의 대첩을 겪었다. 다툼의 이유는 생각나지 않고 깨달음만 남았다. 첫째, 집안일은 안 할 때 비로소 티가 난다. 고로 안 보이는 곳에서 상대가 나보다 더 많이 한다고 믿는 편이 낫다. 둘째, 상대의 습관을 수용하자. 고칠 수 없다. 셋째, 누구와도 같이 사는 건 고역이다. 사랑만이 그 고역스러움을 감수케 한다.

나와 다른 사소한 생활 습관 하나까지도 거슬리는 갈등기를 지나, 지금은 동생이나 나나 타협의 기술을 체화한 안정기에 접어들었다. 폭발과 울음, 긴 대화와 극적인 화해를 굽이굽이 넘어 이룬 우리의 성취다. 요즘 동생은 퇴근하면 내 방문을 열고 밥은 먹었느냐고 묻는다. 동생이 내 빨랫감을 개어놓을 때면 나는 그걸 알고 있다는 티를 팍팍 낸다. 집안일의 노고는 알아주는 누군가가 있으면 녹아내린다. 불티가 가끔 튈지언정 예전처럼 폭발적인 갈등으로 불붙지는 않는다.

지나고 나서 달리 보이는 것들이 많다. 취준생이던 동생은 나름 내 눈치를 보며 방문 꾹 닫은 채 모습을 보이지 않는 쪽을 택했다고 한다. 우울과 위축을 홀로 견뎠을 동생에게 뒤늦게 미안했다. 기질의 차이도 있었다. 스트레스를 받을 때 나는 누군가와 수다를 떨면 풀리는 편이다. 동생은 아무에게도 얘기하지 않고 혼자만의 공간에 있으면 풀린다고 한다. 그걸 알고 나서는 신기하게도 닫힌 방문이 더 이상 눈에 들어오지 않았다.

이미 혼자 사는 생활에 익숙해져 있던 나는 처음에 동생을 가족으로 대하기보단, 동거인으로서 공평함의 감각을 갖추기를 기대했던 것 같다. 그러면서도 이 도시에서 보호해야 할 사람이 생겼다는 부모 같은 의무감을 꼭 껴안은 채 긴장하던 내 모습도 보이기 시작했다. 동생의 새벽 귀가에 며칠간 불편한 기색을 온갖 비언어적 표현으로 쏟아내곤 했는데 나나 걔나 돌이켜보면 참 딱했다. 기숙사 사감처럼 구는 언니가 동생으로선 얼마나 또 숨 막혔을까.

자매와 동거하는 생활은 부모와 함께 살 때처럼 묻어가면 되는 일이 잘 없다. 가족과 동거인 사이 애매한 지점에 우리 관계가 있다. 이럴 거면 왜 같이 사나 회의감에 젖어 있던 내게 동생은 “태어나 보니 엄마 아빠랑 살고 있던 것처럼 언니랑 사는 건 당연하니까”라고 했다. 자매라는 이유로 동생은 나와 당연히 같이 사는 것이라 생각했고, 나는 몇 년간 떨어져 살던 서먹함이 한 번에 봉합되리라 믿었던 것이다. 급하게 합쳐진 둘의 엇박자는 필연적이었다.

나의 치사하고 인색했던 순간들을 직면하고 나서야 함께 사는 일이 전보다 편해졌다. 동거인의 존재에 요즘은 비애보다 즐거움을 훨씬 크게 느낀다. 며칠 전 나는 또 컵을 깨먹었다. 오른쪽 둘째 발가락에 작은 유리 파편이 박혀 피가 흐르고 있었다. 내 발이지만 무서워서 쳐다볼 엄두를 못 내는 나를 달래가며 동생은 불에 달군 바늘을 쥔 채 한참 동안 내 발가락을 주물렀다. 결국 유리 파편을 건져내었다.

동생은 내 생일 때마다 매번 직접 끓인 미역국을 먹여왔다. 〈겨울왕국〉 시리즈가 나오면 우리는 집 앞 영화관에 같이 보러 간다. 영화의 여운을 느끼며 한동안 동생을 '안나'로 부르고 동생은 나를 '엘사'라고 부른다. 서로의 방문을 노크할 때도 영화 장면에 맞춰 '똑똑똑똑똑' 다섯 번 두드리는 암묵적 룰이 있다. 어떤 날은 날이 밝도록 와인을 마시며 엄마도 아빠도 남동생도 친구도 모르는 비밀스러운 얘기를 나누곤 한다. 어떤 주제에 있어서는 이 세상에 내 마음을 알아주는 유일한 사람, 자매님 하나뿐이라는 생각이 든다.

요즘 동생은 그럭저럭 괜찮아 보인다. 원하던 직장에 들어가 하고 싶은 일도 하고 사랑하는 사람도 만났다. 약간의 시기심과 안쓰러움, 애틋함과 애정이 섞인 복잡한 감정이 든다. 자매란 그런 관계인가 싶다. 원거리 통근에 지친 동생은 회사 가까운 곳으로 거처를 옮기기로 했다. 그때까지 3개월 남짓 남았는데 앞으로 둘이 이렇게 생활을 공유할 일이 또 있을지 모르겠다.

나는 동생을 하나의 인간으로서 전보다는 조금 더 깊이 이해하게 되었다. 함께 사는 연습의 괴로움을 무마하고도 남는다. 몇 년 만에 맞는 싱글 라이프에 홀가분한 기분이 들면서도 동거인 없는 허전함을 한동안 어떻게 채울지 막막하기도 하다. 나의 첫 동거인으로서 동생에게 수고 많았다고, 사랑한다고 말하고 싶다. 언제 누가 될지 모르지만 다음 동거인은 지금보다는 덜 서툴게 대할 수 있을 것 같기 때문이다. 변기에 조금 남은 물기쯤이야 그러려니 할 수 있을 것도 같기 때문이다.

꽃길을 걷다가

오후 12시 여의도, 어느 이탈리안 레스토랑 앞. 급히 온라인으로 기사를 전송하고 약속 장소로 뛰어가던 터였다. 이미 5분은 늦게 생겼다. 택시에서 내리자마자 건물 안으로 전속력으로 달리다 발길을 딱 멈췄다. 꽃망울도 본 적 없는데 어느새 벚꽃이 팝콘처럼 튀겨져 있었다. 거리 하나를 완전히 메운 연분홍 향연에 카메라를 들 수밖에 없었다. 인증 숏 하나를 남기고 이어서 뛰었다.

계절의 변화를 얼마나 민감하게 느끼느냐를 내 정신 건강 바로미터로 삼는다. 그래서 의식적으로 벚꽃 시기를 매년 챙긴다. 2021년 봄은 긴 겨울에 빛진 듯 짧기만 했다. 진짜로 봄이 짧았는지 새 출입처 적응과 원고 집필, 이사 준비가 절묘하게 겹친 내 상황 때문인지 모르겠다. 벚꽃이 핀 걸 알아채자마자 이번 주말에 비가 오고 꽃이 다 떨어진다는 소식을 들었다. 돈 안 드는 꽃구경도 제대로 못 챙긴 전무후무한 봄날이 될지도 모른다. 집에 들어가는 길에 희우정로까지 걸었다.

합정 벚꽃 명소 양대산맥은 망원동까지 이어지는 이 희우정로와 당인리발전소 앞 토정로이다. 각각 대로를 사이에 두고 서합정과 동합정을 대표하는 길이기도 하다. 당인리발전소 앞에 카페들이 들어서면서 토정로가 숨은 벚꽃 명소로 먼저 알려진 듯했다. 그러다 '망리단길'이 뜨자 희우정로의 세가 강해졌다. 희우정로에서 토정로까지 이어 걷을 수도 있겠지만 그러려면 번잡한 합정역 사거리를 거쳐야 하니 무드가 깨진다. 고로 나는 매년 희우정로와 토정로 벚꽃을 공평하게 한 번씩 즐겨왔다.

올해는 가까운 희우정로 밤 산책만 바짝 즐겨야 할 형편이었다. 악착같이 낭만을 챙겨 먹겠다는 작정이었다. YG사옥에서 망원정 사거리까지 걸었다. 홀로 즐기는 벚꽃도 황홀했다. 마실 나온 사람들의 마스크 너머로 행복한 표정이 읽혔다. 사진이라도 남기고 싶었지만 이미 스마트폰은 내 체력이 그렇듯 방전 직전이었다. 그러고 다음 날인 토요일엔 진짜로 하루 종일 비가 내렸다.

사진 한 장 못 남긴 게 억울해 다시 밖으로 나가 보았다. 비가 내린 건지 꽃비가 내린 건지 거리에 핑크 카펫이 깔려 있었다. 말 그대로 꽃길을 걸었다. 벚꽃 입장에선 고고하게 나무 위에서 카메라로 경의를 표하는 인간을 내려다보다가 하루아침에 인간에게 저벅저벅 밟히는 신세가 되었으니 처량할 법도 하다.

벚꽃 만개한 황홀경보다 그 후의 여운이 더 짙게 남는 건 이 동네와 이별 국면에 있어서인가? 나무에 간당간당 매달려 계절의 처분을 기다리는 꽃잎을 본 이상에야 다음 해 희우정로 벚꽃을 온전히 즐기기가 미안해진다. 벚나무의 민망함을 생각해 내년 봄에는 토정로를 찾아야겠다.

동네 주민으로서 늦은 밤 한적해진
벚꽃 명소를 즐기는 호사를 누렸다.

요가 아지트, 망원정

평일 저녁엔 고정적으로 시간을 내 취미를 하기는 조금 버겁다. 가끔 취재원을 만나거나 별다른 약속이 없으면 요가원에 갔다. 시간이 맞는 수업을 찾아 딱 50분만 할애하면 하루 기분을 평온하게 마무리할 수 있으니 석 달마다 동네 요가원을 결제해왔다. 동합정에 있는 요가원은 요즘 생기는 요가 스튜디오처럼 화려한 인테리어는 아니지만 깔끔하다. 원래 부부가 운영했었는데 가끔 아들인 꼬맹이가 수줍어하며 회원들을 맞아주곤 했다. 중년 여성들도 많고 간혹 물구나무를 잘 서는 미국인도 온다.

특히 심신이 피폐했던 2018년, 이곳이 평일의 안식처가 되어 주었다. 저녁에 수업을 듣다가 중간에 나와 기사를 쓰는 날도 있었다. 공치는 위험을 감수하면서도 시간을 내려 했다.

그거라도 안 하면 정말 일만 하다가 죽을 것 같아서. 매일 하루 끝에 익숙한 얼굴을 본다는 건 얼마나 반가운 일인지. 사실 수강생들끼리 인사도 잘 안 하는데 늘 오던 사람이 안 오면 괜스레 마음이 쓰인다.

2020년 초 원장님 가족은 서울을 떠나 다른 지역으로 이주했다. 이어 젊은 강사 세 명이 요가원을 넘겨받았다. 퇴근 후 그쪽으로 가던 습성이 남아, 귀여운 꼬마를 못 보는 건 아쉽지만 계속 다니기로 했다. 하지만 그러고 얼마 지나지 않아 요가원은 계속 휴원에 들어갔다. 전염병이 퍼지면서 그 기간은 기약 없이 길어졌다. 잠깐 문 연 시기에 반가워서 수업에 갔다가도 아무래도 마스크를 끼고 호흡하기가 영 답답해 발길이 드물어졌다. 재결제 기간이 왔을 때 한 텀 쉬었더니 어느 날 요가원 간판이 사라져 있었다.

나는 내 방 침대 옆에 룰루레몬 녹색 요가 매트를 깔았다. 랜선 요가원으로 옮겼다. 창업 시장은 세상의 변화에 기민하게 움직였다. 그새 온라인으로 실시간 요가 강의를 하는 플랫폼이 몇 개 생겼다. 서로가 거리 두는 시절에도 화상회의 플랫폼에 있는 몇 명과 함께 하루를 마무리하다 보니 연대감 못지않게 연결감만으로도 사교 욕구가 해소됨을 느꼈다. 업무 연락이 올 가능성이 낮은 밤 10시 이후 수업이 열리는 데다가 마스크 없이 자유롭게 호흡할 수 있다는 점이 특히 매력적이었다.

그럼에도 불구하고 그리운 감각이 있다. 팬데믹 이전 옆 동네 신수동에서 열린 일일 요가 수업에 나간 적이 있다. 내게 요가의 문을 처음 열어준 친구를 꼬드겼다. 우리 둘 다 한강에서 매트를 펼쳐놓고 요가를 하는 비슷한 로망이 있다. 하지만 둘 다 뻣뻣하기로는 둘째가기 서럽고 서로가 있어서 내 뻣뻣함이 다행이라고 여기는 처지다. 소수의 사람들끼리 옥상에서 바깥바람을 맞으며 하는 요가는 덜 민망하면서도 둘의 로망을 어느 정도 충족하기 충분했다. 마무리로 사바아사나—송장 자세, 바닥에 누워 몸을 쉬게 하는 자세—를 하며 숨을 들이켰다. 코도 마음도 뻥 뚫렸다. 햇살을 받으며 비타민 D 샤워를 했다.

그날의 감각이 떠올랐다. 매트를 메고 망원정에 갔다. 한강 가는 길에 생뚱맞게 정자를 발견하고는 꼭 낮에 와봐야겠다 생각했었다. 아무도 없는 정자 위에 매트를 깔고 누웠다. 강변북로를 마주해서 자동차 소리가 크게 들렸다. 듣기 싫지 않았다. 아직은 돌아가기 이른, 사람들과 함께 모여 자유롭게 숨 쉬던 날들이 스쳤다. "머리는 깨어 있되 몸은 죽은 것처럼 축 늘어뜨리세요." "바닥은 무거워지고 내 몸은 가벼워집니다." "내 몸이 아이스크림처럼 녹아 바닥에 스며든다고 생각해보세요." 여러 요가 스승들의 사바아사나 멘트도 귓가에 들리는 듯했다. 팬데믹이 종식되면 가장 먼저 요가원에 다니고 싶다. 그동안 고생 많았다고, 50분간의 수업을 마치면 서로를 안아주며 깊은 숨을 내쉬리라. 그날이 아득하니 아마 그 전에 용기 내 한강으로 매트 메고 나가게 될지도 모르겠다.

정처 없이 연희동

사실 다음 동네로 내가 찜해 놓은 곳은 연희동이었다. 이곳 합정과 망원처럼 오래 살고 있는 주민과, 마실 나온 외지인이 섞여 있으면서도 덜 번잡한 분위기이다. 서대문 안산과도 가깝다. 우리 동네에서 연희동까지는 자전거전용도로가 잘 나 있어, 합정 주민센터 앞에서 공공 자전거 따릉이를 빌려 연희동까지 가곤 한다.

지난해 여름 내 맘을 달궜던 오빠와 유독 연희동에 자주 갔었다. 아직 관계를 정의하기 섣부른 때에 한 식당에서 사장님이 "여자 친구분도 같은 메뉴로 드릴까요?" 물었을 때 우리 둘 다 얼굴이 붉어졌다. 둘 중 누구도 사장님의 실수 혹은 고도의 영업 기술을 정정하지는 않았다. 하지만 그는 내 마음을 다치게 하는 경향이 있었다. 나는 운 좋게도 사랑을 잘 주고받는 이와의 안정적인 관계를 경험한 적이 있고 내 몸은 그렇게 사랑받을 때의 의기양양함을 기억하고 있었다. 그와 데이트하는 두 달 남짓한 기간 중 절반은 나를 자주 불안하게 만드는 이 관계를 끊어내야겠다는 방어막을 감싼 채 그를 대했던 것도 같다. 좋아하니까 감수하려했지만 미국 저널리스트 캐럴라인 냅의 에세이를 읽은 밤, 나는 그를 끊어내기로 결단했다.

그러면서도 다음 날 연희동 오마카세집에서 또 그를 만났다. 저 멀리 그를 밀어냈다가도 다시 마음이 속절없이 그에게로 달려가는 나의 구질구질함에 진절머리가 났다. 막상 보니 반가웠고 스시는 맛있었으며 둘 사이의 기류는 따뜻했다. 겨우 정신 줄을 잡고, 심신이 정결한 상태에서 전날 밤 내린 나의 결정을 믿기로 했다. 스시집 화장실에서 나는 내 스마트폰 사진첩에 저장해놓은 에세이 한 챕터를 다시 읽었다.

> 그것은 내 욕구가 정당하다는 사실을, 내가 그토록 깊은 수준의 친밀감과 사랑을 원하는 건 나약함의 증거가 아니라 자연스럽고 좋은 일이라는 사실을, 내가 불만스러운 것은 솔직히 말해서 내 욕구가 채워지지 않기 때문이라는 사실을 깨닫기까지 그렇게 긴 시간이 필요했던 탓이었다. (캐럴라인 냅, 《명랑한 은둔자》, 바다출판사, 2020)

그리고 그날이 그와의 정말 마지막 만남이 되었다. 어떤 관계는 악연이기도 하다는 사실을 처음 깨달았다. 악연은 악인과의 관계가 아니라, 벗어나야 함을 알고 있음에도 계속 얽히는 누군가와의 그것이라는 사실도. 그런 관계를 청산했으니 대견하다고 스스로를 얼마나 다독였던가. 머리로는 단념했지만 마음이 울고 있었다. 어찌됐든 나는 이제 더 이상 그로부터 영향을 받아 내 기분이 가라앉는 걸 스스로 용납할 수 없었고 무기력하게 침대에 붙어버린 몸을 일으켜 밖으로 나왔다. 그와의 관계를 뒤로하자 어느새 가을 초입에 다다라 있었다. 아이유 노랫말마따나 바람은 또 그날따라 완벽하게 청량했다, 제길.

책 한 권을 챙겨 망원동 '대루커피'에 나갔다. 글자는 당연히 눈에 안 들어왔다. 공허한 마음을 어쩌지 못하고 인스타그램에 접속해 엄지를 죽죽 내렸다. 그러다 팔로잉 중인 연희동 거주민, 김영하 소설가가 측백 묘목을 나눠준다는 글을 보았다. 다른 사람도 아니고 김영하 작가의 나눔이라니. 이것은 일종의 굿즈 아닌가. 작가님은 집 근처 특정 스폿에 묘목들을 놓겠다며, 선착순으로 가져가되 댓글에 다른 사람들을 위해 묘목이 몇 주 남았는지를 알려달라고 했다. 사람들은 '○○시 ○○분 현재 ○○개 남았습니다' 댓글을 달았다. 실시간으로 숫자가 줄어들고 있었다. 카페를 박차고 나와 망원역 1번 출구 앞 따릉이에 올랐다. 연희동에 도착하자 다행히 화분 대여섯 개가 남아 있었고 득템에 성공했다! 작가님 담벼락에 감사 인사를 댓글로 남겼다.

나는 측백 화분을 안은 채 어디로 가야 할지 멍한 상태로 연희동을 배회하기 시작했다. 집에는 들어가기 싫었다. 지도 앱을 켰다. 남에게 추천하고 싶거나 남이 추천해준 곳들을 카카오맵에 별표로 표시해놓는다. 맛집은 빨간색, 카페는 노란색, 술집은 주황색, 서점이나 미술관 등 문화 공간은 보라색…… 그렇게 5백 개를 채워놨다. 내 비장의 지도엔 연희동에도 별이 많이 찍혀 있었다.

자전거는 연희동까지 올 때는 유용했으나 정류소 찾기도 힘들고 경사진 언덕도 있는 연희동을 돌아다니기에는 짐짝 같은 교통수단이었다. 앞바구니에 가방과 측백을 조심스럽게 넣고 자전거를 끌었다. 가고 싶었던 서점 앞에 자전거를 세우려던 찰나, 자전거 머리가 회까닥 돌아가면서 측백 화분이 엎어졌다. 흙을 주워 담았지만 턱없이 모자랐고 뿌리 얕은 측백은 매가리 없이 휘청거렸다. 서점 옆에 있는 꽃집으로 들어가 다급히 흙 파시냐고 물었다. 사장님은 흙은 팔지 않지만 어디 상태 좀 보자며 측백을 받아들더니 배양토 한 삽을 퍼 화분에 담아주셨다. 그 호의가 잠시 잊고 있던 공허를 조금 달래주었다.

그 후 한동안 측백은 내 방 창가에 두었다가 입양 보냈